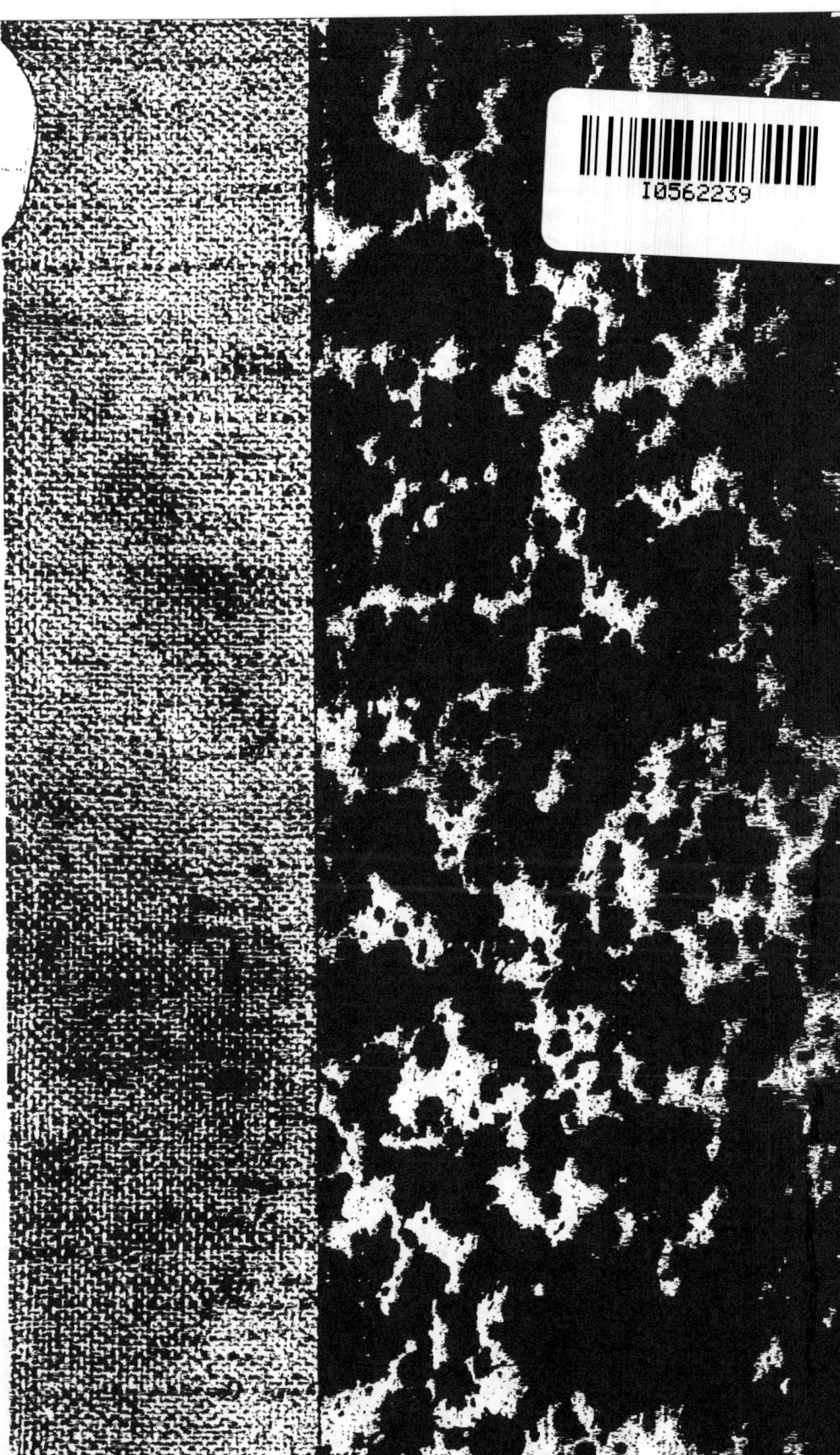

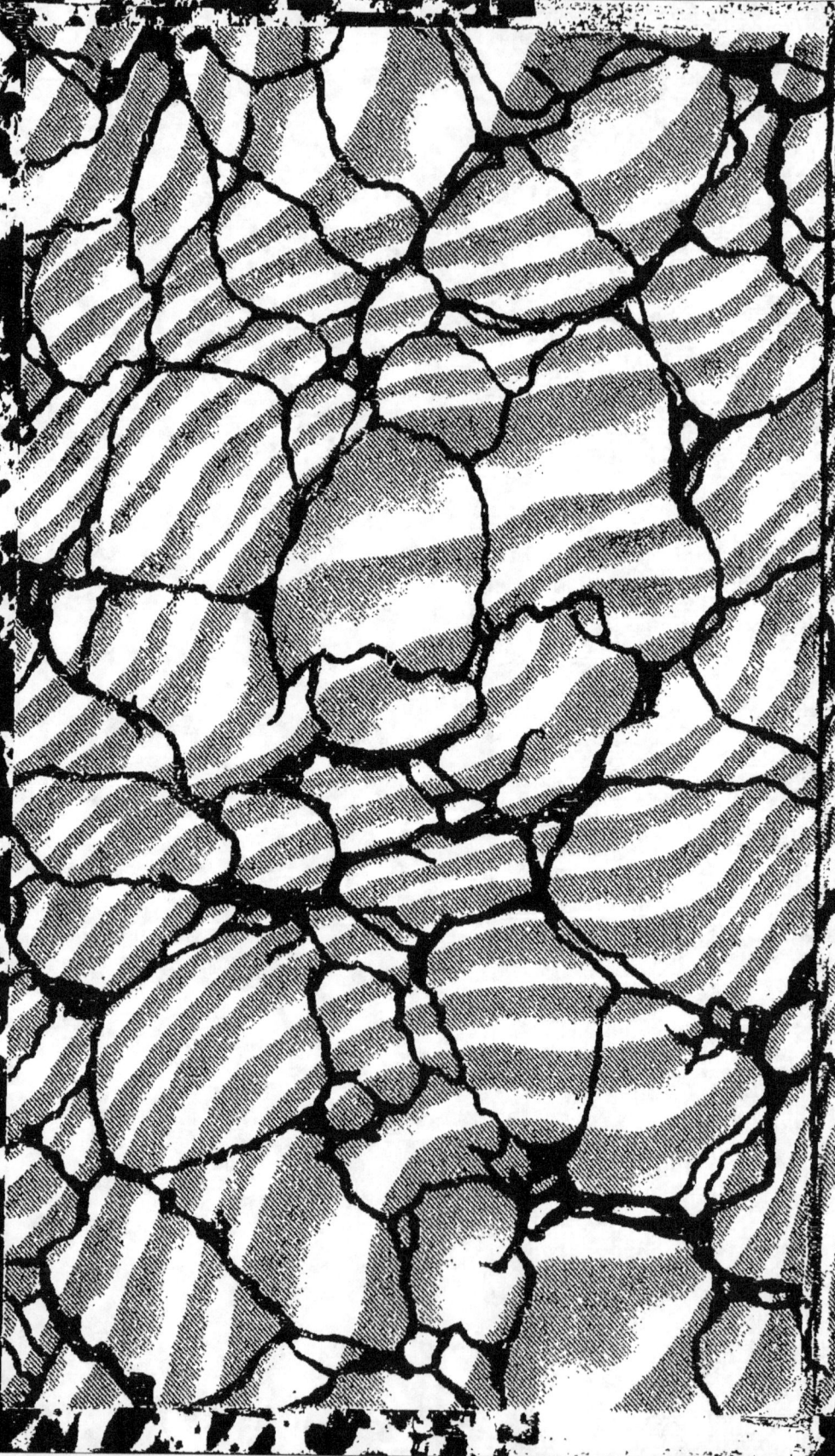

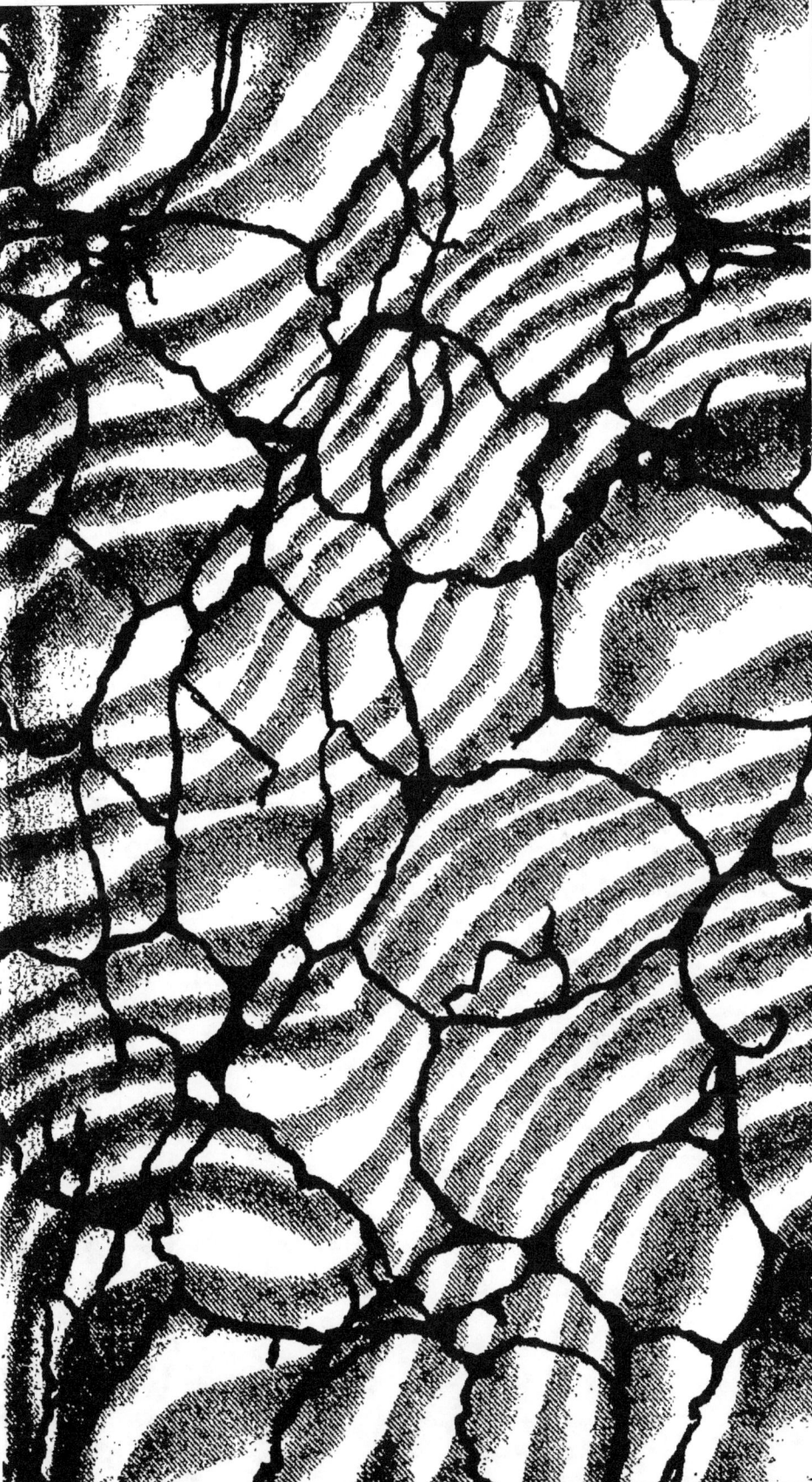

Prix : **60** centimes

AUTEURS CÉLÈBRES

Catulle **MENDÈS**

LE
CRUEL BERCEAU

PARIS

C. MARPON ET E. FLAMMARION

ÉDITEURS

26, RUE RACINE, PRÈS L'ODÉON

LE

CRUEL BERCEAU

CATULLE MENDÈS

LE

CRUEL BERCEAU

L'ENTERREMENT PRÉMATURÉ

PSYCHÉ ZÉNOBIA — L'ENFANT TROUVÉ

PARIS

C. MARPON & E. FLAMMARION, ÉDITEURS

26, RUE RACINE, PRÈS L'ODÉON

LE

CRUEL BERCEAU

D'une paisible ménagère, qui n'avait de sa vie
lu d'autre livre que son paroissien, estimant que
lorsqu'une femme a, tout le jour durant, sur-
veillé sa cuisine, lavé, peigné, habillé ses enfants et ravaudé les chemises de son mari, elle
n'a rien de mieux à faire que d'aller reposer son
front, dès la nuit tombante, sur un oreiller plein
de rêves honnêtes ; — d'une excellente ménagère et d'un brave homme, percepteur depuis
douze ans à trois mille francs d'appointements,
naquit, une après-midi de juillet, dans une très

petite ville du nord de la France, un gros et fort garçon, qui fut baptisé sous les noms de Charles-Anselme-Siméon Charlerie.

— Siméon Charlerie, voilà un nom ! dit la mère avec complaisance. Cela sonne comme un gros sou qui tombe sur le plancher.

Siméon, quatrième fruit d'une union régulièrement féconde, fut nourri par madame Charlerie. Elle disait de lui :

— C'est un ivrogne !

— Bon ! répliquait le père, ivrogne de lait, sobre de vin ; Siméon sera comme moi, qui ne bois que de l'eau.

A l'âge de deux ans, Siméon Charlerie était un petit homme qui faisait le désespoir de sa mère parce qu'il ne pouvait manger une tartine de confiture sans la partager généreusement avec sa blouse ou sa culotte. D'ailleurs il était joufflu, massif, et restait volontiers dans les coins, songeur. Ce qui ne veut pas dire qu'il pensât à quelque chose ; mais il avait l'air de penser. Son père le proposait en exemple à ses autres enfants, turbulents et joueurs, et disait: « Ce sera un homme réfléchi, comme moi. »

Il y avait un petit jardin derrière la petite maison du ménage Charlerie. La mère y cultivait des artichauts, des carottes et autres plantes potagères. De roses, il n'y en avait point ; cela tient de la place inutilement. Les enfants jouaient parmi les légumes. Le soleil et les papillons, du reste, font un parterre somptueux du plus morose coin de terre. Il importe peu que l'on coure à travers des plants d'oignons ou à travers des reines-marguerites, pourvu que l'on coure, et les épines des artichauts, lorsqu'il s'agit de déchirer des robes d'enfants, ne le cèdent en rien aux épines des rosiers. Siméon se mêlait peu aux joies vives des autres garçons. Il était doux, timide ; il n'était point sournois cependant. Quand il regardait les papillons, de loin, sans oser courir après eux, il avait l'air de les trouver trop beaux pour lui.

Un soir, entre les deux parties de dominos qu'il avait coutume de jouer après dîner dans le café situé en face de sa maison, M. Charlerie annonça à ses amis qu'il commencerait le lendemain l'éducation de son fils Siméon. « Il a six ans, il n'y a plus de temps à perdre ! » Le lendemain donc, l'honnête percepteur, ayant placé sur une table un petit volume, une ardoise et un bâton de plombagine, appela son fils, lui dit gravement : « Approchez, Siméon ! » et en relevant ses lunettes par-dessus ses sourcils, ajouta : « Voulez-vous apprendre à lire, monsieur Charlerie ? »

Le résultat d'une vingtaine de leçons qui toutes commencèrent comme la première, et, comme la première aussi, finirent toutes par ces mots : « Mais, monsieur Charlerie, vous ne saurez donc jamais lire ? » fut chez le jeune Siméon un ahurissement tel et une si grande répulsion pour l'alphabet, que la simple vue d'un livre sur une table ou d'une enseigne au-dessus d'une boutique suffisait à lui remplir les yeux de larmes, tout au moins à lui faire prendre la fuite.

Dans ces moments, il allait se réfugier parmi les jupes de sa mère, qui, la bonne femme, ayant un peu désappris ses lettres depuis sa première communion, avait une sorte de reconnaissance à son fils d'être si attaché à une ignorance qui leur était commune. Il lui semblait que Siméon, quand il saurait lire, ne serait pas à elle comme auparavant.

Cependant, M. Charlerie, au dessert d'un dîner de famille, annonça que son élève lirait une fable dans la soirée.

Le moment venu, l'enfant prit le livre, chercha la page où il avait coutume d'épeler et lut la fable promise. Il lut ? Non. M. Charlerie, en se penchant, reconnut que Siméon récitait *La Gre-*

nouille et le Bœuf devant *Les Animaux malades de la peste.*

Mais, dans son orgueil de père et de professeur, il garda pour lui sa découverte et s'en consola en pensant : « Il aura du moins de la mémoire. »

Quand Siméon eut douze ans, le ménage Charlerie résolut de l'envoyer dans une institution.

— Ce sera une grosse dépense, dit le père, et je ne sais si nous pourrons y suffire, car l'éducation des aînés coûte beaucoup déjà.

— Nous pouvons renvoyer Marianne, fit observer la mère.

— Moi, dit le père, en approuvant la mesure proposée, je jouerai aux dominos chez moi, tout seul.

Siméon fut expédié. Blond, gros, niais, aux grands yeux ronds, au nez plat, avec son air taciturne et bon, sous des vêtements qui avaient été, deux ans auparavant, ceux de son frère aîné, il fut singulièrement tourné en dérision dans l'institution, où, moyennant une somme annuelle assez médiocre, on s'était engagé à le fortifier, comme il convient, du suc de la science. Il supporta patiemment les impatiences des maîtres qu'irritait parfois son défaut presque absolu de facultés compréhensives, et avec douceur les duretés de ses camarades, qui, le trouvant ridicule, ne lui cachaient point leur opinion.

Morose pendant les classes et s'efforçant de deviner pourquoi on le forçait de lire des livres où il ne comprenait rien, seul pendant les récréations, car, maladroit de corps comme d'esprit, il eût rompu les jeux où il aurait tenté de se mêler, il grandissait en s'hébétant.

Il avait naturellement l'air étonné. Il semblait qu'il se demandait toujours ce qu'on lui voulait. Il y avait entre les choses du dehors et son esprit une épaisseur qu'il était malaisé de percer.

Il fallait donner aux idées une forme tangible ou visible pour qu'elles l'affectassent. Il ne comprenait pas ce qu'on lui démontrait, mais ce qu'on lui montrait. Lui-même, il résumait en images ce qu'il voulait percevoir. Très longtemps il eut deux visions singulières : quand il était d'humeur satisfaite, il voyait devant lui, à peu de distance, entre ses deux yeux, dans un cadre grand comme celui d'un portrait carte, un filet d'eau rond et égal, qui coulait doucement et tournait sur du sable très uni ; quand il était en proie à quelque pensée fâcheuse, il voyait, à la même place, de même dimension, une petite cascade ébouriffée qui s'enchevêtrait péniblement dans des broussailles. Il jugeait de son calme à la placidité plus ou moins lente du filet d'eau, et de son trouble à l'éparpillement plus ou moins hérissé de la cascade.

Ainsi, il ne pouvait pas regarder en soi-même ; il fallait, pour la concevoir, qu'il projetât sa pensée et la matérialisât. Cependant il n'était point bête. Il apprenait difficilement, mais, ce qu'il avait appris, il ne l'oubliait pas. Ses impressions étaient rares, mais ineffaçables. Tout petit, il avait vu un chat croquer un oiseau ; cela lui était resté, comme on dit ; s'il voyait un chat, il avait le frisson. Quand il rêvait (cela lui arrivait peu fréquemment), il rêvait presque toujours d'un oiseau qui croquait un chat, car il y avait en lui un très vif sentiment de la justice.

Au collège, il eut un compagnon, disons mieux, un tyran : Rémond Pichard.

Rémond Pichard était le fils d'un marchand de vin. Il avait été envoyé en pension, non pour faire ses humanités, mais pour apprendre la tenue des livres et autres sciences indispensables à l'industrie et au commerce. On vit, quand il arriva, un garçon de treize ans, aux cheveux roux, au nez aigu, à la bouche grosse. Ce petit homme était hardi, beau parleur et mauvais pour

le plaisir d'être malin. Tout d'abord, il remarqua
Siméon Charlerie, et, selon son expression, il lui
mit la main dessus. Il avait flairé un souffre-dou-
leur résigné ; il l'empoigna.

Le matin, en se levant, il disait à Siméon :
« Fais mon lit. » Pendant le repas, il prenait les
morceaux qui lui plaisaient dans l'assiette de
Charlerie. Quand celui-ci recevait de sa mère
des confitures ou quelques tablettes de chocolat,
Rémond s'en emparait, les distribuait parmi les
élèves, en disant : « C'est mon père qui m'envoie
cela, » et ajoutait, en se tournant vers Siméon :
« Tu n'en veux pas, toi ? » Enfin, lorsque Rémond
Pichard avait commis quelque faute dont on re-
cherchait l'auteur, il disait à sa victime : « Va
dire que c'est toi ! » et il était obéi.

Charlerie n'aimait point son despote ; il l'admirait. Inventeur de jeux bruyants et compli-
qués, diseur de bons mots, conteur d'histoires
mondaines, Rémond lui apparaissait comme un

être à part. Lui, candide, il considérait avec étonnement les allures viriles et la corruption précoce de son camarade. Il ne les enviait pas parce que, instinctivement, il sentait qu'il y avait en elles quelque chose de répréhensible ; mais il en subissait l'influence dominatrice. Un jour, en entendant Rémond Pichard raconter avec maints détails qu'aux vacances, près d'un lavoir, il avait pincé le bras d'une blanchisseuse, Siméon rougit considérablement ; mais, levant les yeux, il regarda, comme on regarde l'Arc-de-Triomphe, l'être qui avait osé faire cela.

Cependant, Rémond Pichard quitta bientôt le collège où il avait peu appris et beaucoup enseigné. Il avait seize ans.

— Adieu, dit-il à Siméon, tu es mon ami ; je t'ai aidé de mon expérience : si nous nous retrouvons dans le monde, je t'aiderai encore. En toute circonstance, tu me trouveras prêt à te soutenir de mes conseils. Tu n'es pas fort ; tu auras besoin de moi. Maintenant je crois que tu a dix francs dans une tirelire ; va me les chercher.

Siméon courut et apporta les dix francs.

— Très bien, dit Rémond. Si tu avais donné cet argent à un ingrat, il n'aurait pas manqué de te dire : « Je vous le rendrai, » et il te l'aurait peut-être rendu : mais moi je te dis : « Tu ne le reverras jamais, » parce que je suis ton ami. Seulement, viens m'embrasser. Voilà commen j'entends l'amitié.

Siméon, en pleurant de tendresse, embrassa son camarade, puis ils se séparèrent.

Siméon fut stupéfait d'être libre. Il en fut gêné aussi. Rémond Pichard, qui lui évitait la peine de penser, lui manqua. Il proposa à chaque élève tour à tour de lui faire son lit. Tous les élèves, naturellement, consentirent ; mais ils consentaient, ils n'ordonnaient pas. Il n'y avait rien d'obligatoire pour Siméon dans ce qu'il faisait. Il n'obéissait pas, il rendait service. Sans concevoir pourquoi, il n'était pas satisfait. Pendant le repas il offrait sa part, avant d'y toucher, à son voisin ; mais celui-ci, en acceptant d'ailleurs, lui disait merci. Jamais Rémond Pichard ne lui avait dit merci. Siméon, dont les idées étaient obscures, répétait souvent dans la solitude de son indépendance : « C'était mon ami, celui-là ! »

Peu à peu, à force de compulser patiemment des volumes d'histoire et des dictionnaires, il était parvenu, non pas à comprendre ce qu'ils contenaient, mais à l'apprendre par cœur. La géographie eut même quelque attrait pour lui, à cause de la mappe-monde et des cartes. Là, il concevait parce qu'il voyait. Il en arriva à dessiner de mémoire, avec tous leurs détails de versants et de fleuves, de forêts et de sables, des régions très compliquées, sans omettre la plus petite ville dont le nom, tracé d'une écriture méticuleuse, enjambait de sa dernière lettre, comme d'un pont, la mince ligne blanche noire qui figurait un fleuve.

En ce qui concerne les choses littéraires et philosophiques, il se maintenait dans une stupéfaction perpétuelle.

Néanmoins, vers la fin de sa dix-neuvième année, il savait à peu près de quoi être reçu bachelier. Il subit l'examen et fut admis, avec compassion.

C'était, à cette époque, un grand garçon extraordinairement gras, aux yeux de veau, au nez large, sans front sous des cheveux jaunes. Il avait la lèvre inférieure pendante, mais sans bassesse, étant faible et bon. Il marchait d'un pas sourd et craintif, comme on marche dans la chambre d'un malade. Ses bras, presque toujours appliqués verticalement à son corps, ne se hasardaient qu'à des gestes rares, et une fois osés, les maintenaient plus longtemps qu'il n'était nécessaire, ce qui produisait de burlesques désaccords entre le geste et la parole ; mais cet inconvénient n'était pas grave, parce que Siméon parlait peu. En somme, il avait l'air pesant et excellent.

Bachelier, Siméon Charlerie retourna auprès de sa famille qui, à l'occasion de l'examen glorieusement subi, donna un dîner où furent invités tous les personnages importants de la ville. Prié de montrer un échantillon de sa science par les bonnes gens qui se souvenaient, les larmes aux yeux, de l'avoir entendu autrefois dire *la Grenouille et le Bœuf*, il récita, non sans rougir, quelques pages de Malebranche sur la vision de Dieu. Ce petit divertissement fut très goûté. Une vieille dame qui tenait le bureau de poste s'écria :

— C'est une belle chose que de parler latin !

Enfin, Siméon eut un succès. M. Charlerie disait modestement :

— C'est moi qui ai commencé son éducation.

— On le voit bien, chuchota un gros homme qui faisait la chronique locale dans le chef-lieu.

— Hein ! que dites-vous ? demanda brusquement madame Charlerie.

— Je dis, madame, qu'avec de pareilles dispositions, monsieur votre fils, un jour ou l'autre, pourrait bien devenir ministre.

— Il le sera avant vous, toujours ! dit la mère, qui avait mieux entendu que le journaliste ne le pensait.

Ce petit incident n'eut pas de suite. On servit le café. Siméon récita quelques vers de l'abbé Delille sur cet aimable liqueur. L'enthousiasme ne connut plus de bornes. M. Charlerie, penché vers l'oreille de sa femme, dit tout bas :

— Je crois, ma chère, que le garçon ira loin ; il plaît.

Les jours suivants, tandis que Siméon considérait avec une émotion profonde les choux et les carottes que madame Charlerie n'avait pas cessé de cultiver, il fut grandement question entre le père et la mère de la voie où diriger les facultés surprenantes de leur fils. L'excellente femme aurait voulu que l'enfant demeurât auprès d'eux. Avec son intelligence et sa figure, car elle le trouvait beau, il ne manquerait pas d'épouser la fille de quelque propriétaire, et ferait ainsi une bonne maison, que madame Charlerie d'ailleurs conduirait, parce que les nouveaux épousés n'entendent rien aux choses du ménage. Mais le percepteur objecta :

— Y pensez-vous, ma chère ? Notre fils aurait appris le latin, le grec et la géographie pour devenir une espèce de fermier ? Après avoir allumé la lumière, nous la mettrions sous le boisseau ? Jamais ! Il faut que Siméon aille à Paris : Paris est la seule ville où les développements d'aucune force ne rencontrent d'obstacles. Là il se trouvera à l'aise. Dans les premiers temps, sans doute, il ne gagnera rien, et il faudra nous résigner à quelques nouveaux sacrifices ; mais, bientôt, il fera son chemin, et, par une juste rémunération, il rendra notre vieillesse riche et glorieuse.

— Qu'il aille donc à Paris, dit la mère.

Cette résolution, communiquée à Siméon, l'ahurit.

— Paris, capitale de la France, dit-il.

Mais il ne fit pas d'autre objection.

Mᵐᵉ Charlerie s'occupa immédiatement des vêtements qu'il emporterait. Un frac noir, dont le percepteur se servait peu, fut savamment accommodé à la taille du jeune homme. Douze chemises de belle toile, un peu jaune, à côté de quelques vieilles jaquettes ravaudées avec génie et d'un costume tout neuf, qu'avait taillé et cousu une couturière à la journée d'après un habillement prêté par le notaire qui l'avait rapporté de Paris, cinq ans auparavant, s'entassèrent dans une longue malle recouverte de bandes de poils gris alternant avec des bandes de bois noir, et bordée de cuir rouge découpé.

De sa part, M. Charlerie s'occupait de son fils.

Il s'efforçait de retrouver dans sa mémoire les noms des personnages influents qu'il connaissait à Paris. Il avait été assez lié autrefois avec un industriel, aujourd'hui gérant d'une administration gouvernementale. Cet ami, à coup sûr, ne l'avait point oublié. Il dit à Siméon : « Tu iras le voir dès ton arrivée à Paris et tu lui remettras cette lettre ; » lettre dans laquelle le bon percepteur recommandait son fils à son ami et le lui confiait.

Enfin, ayant été embrassé par un nombre considérable de personnes dont les larmes gâtèrent les épaules de son bel habit, Siméon monta en vagon. Il avait trois cents francs dans une poche et, dans un petit sac de cuir, une moitié de saucisson avec un peu de pain, et trois pommes.

Dès que Siméon Charlerie eut mis le pied dans une rue de Paris, il fut instantanément dévoré par une irrésistible ambition, celle de voir la terre s'entre-bâiller sous ses pas. La ville lui ap-

paraissait comme une fourmilière de géants. Il
lui semblait que les passants avaient des bottes
de sept lieues. Les maisons l'épouvantaient
comme des montagnes ; il avait le vertige en
regardant le balcon d'un quatrième étage. Après
celui d'être englouti, qui ne s'était pas réalisé,
son premier désir fut de repartir immédiatement
pour sa petite ville ; mais il n'osa point, à cause
de son père. Il rôda, hésitant et poltron. Il demandait pardon aux gens qui le coudoyaient. Il
ne savait que devenir. Il avait très faim et aussi
très soif, parce que le saucisson altère : mais il ne
mangea que fort tard, dans un petit hôtel où il se
décida enfin, après l'avoir considéré pendant plus
d'une heure, du trottoir opposé, son sac à la main.

Le lendemain, l'ami de son père le reçut assez
bien.

— Ah ! ah ! dit-il, vous voulez un emploi ? C'est
bien naturel ; mais, des emplois, est-ce que vous
croyez que j'en ai dans ma poche ? Si vous étiez

avocat, une place dans les bureaux du conten-
tieux, cela pourrait se trouver; en cherchant, on
verrait; mais vous n'êtes pas avocat. Je suis l'ancien ami de votre père; qu'est-ce que cela prouve?
Que j'ai été son ami autrefois, il y a très longtemps. Enfin, voulez-vous que je vous dise? Fai-
tes votre droit.

Siméon employa trois longs jours à s'efforcer
de comprendre les paroles de son protecteur. Il
résolut, en définitive, de les écrire, telles qu'elles
avaient été prononcées, car il avait une excellente mémoire, et de les transmettre à M. Charlerie, percepteur. Celui-ci répondit à son fils :
« Mon ami s'est fort bien expliqué, et il t'a donné
un excellent conseil. »

De sorte que, sur les indications de son père,
Siméon prit sa première inscription à la Faculté
de droit.

Pendant trois ans, Siméon traversa la vie sans
la voir et sans s'y mêler. Il allait, venait, travail-

lait. Les robes d'organdi, le long des haies d'aubépine, n'habitèrent jamais ses songes inquiets de la besogne du lendemain. Il ne connut pas les tendres péchés. D'autres s'en allaient dans le plaisir et dans les bois ; il les voyait passer, rencogné. Il résista à des tentatrices compatissantes qui, le voyant seul, venaient lui dire que c'était dimanche, et qu'il faisait du soleil. Rougissant, il répondait :

— Vous vous trompez, mademoiselle ; c'est mardi, et je crois qu'il pleuvra.

Et il les regardait s'éloigner comme il regardait autrefois les papillons dans le jardin de sa mère.

Il rencontra un jour Rémond Pichard. Celui-ci, alors, jouait à la Bourse. Il avait gagné, il avait perdu.

— Bonjour, Siméon, dit-il, tu vas bien ? Tu es très gras. Prête-moi vingt francs. Nous dînons ensemble.

Après le dîner, Rémond conduisit son ami dans

un petit théâtre. On jouait une féerie, où figuraient des dames peu vêtues.

— Oh! oh! dit Siméon.

— Eh bien, quoi? dit Pichard.

— Rien, dit l'autre.

Mais il sortit en prétextant qu'il avait oublié son mouchoir au restaurant, et il ne donna point son adresse à Rémond Pichard.

Cependant il étudiait le droit romain. Il apprit le Digeste par cœur. Il tenta plusieurs examens, et fut admis, avec miséricorde.

Il retourna chez l'ancien ami de son père.

— C'est moi, je suis avocat.

— Hein? dit l'administrateur, je ne vous connais pas. Qui êtes-vous?

— Siméon Charlerie, balbutia le jeune homme.

— Ah! ah! oui, je sais, Siméon Charlerie. Eh bien! qu'est-ce que vous me voulez?

Siméon, épouvanté, chercha la porte des yeux.

— Je devine, emploi? Vous croyez qu'il suffit

d'être avocat pour obtenir un emploi? C'est une erreur, mon jeune ami. Enfin, j'essaierai de faire quelque chose pour vous. Voulez-vous une place d'expéditionnaire? Il y a une vacance, profitez-en.

Siméon en profita, et fut dès lors le plus heureux des hommes.

Il ne lui était pas nécessaire de penser. Il était un des mille ressorts d'une mécanique. Né automate, il se mouvait avec la joie de ne point avoir à préméditer ses mouvements. Le métier d'expéditionnaire était précisément celui qu'il lui fallait : copier, c'est une façon d'obéir.

Dès le jour, il quittait le lit. Après avoir arrêté le réveille-matin qui lui avait enjoint de se lever, il nettoyait lui-même sa petite chambre, faisait cuire deux œufs à la flamme d'un fagot, achevait quelque besogne pressée qu'il avait apportée des bureaux afin de ne point demeurer oisif, puis, confortablement vêtu, un parapluie à la main, il sortait content. Il n'avait pas une seule fois soulevé le rideau de sa fenêtre pour voir s'il y avait du soleil dans le ciel. En chemin, lorsque l'heure du travail n'était point venue encore, il lisait les affiches, non pas celles des théâtres, mais celles où il était question de ventes d'immeubles. Dès qu'il y trouvait un mot dont jusqu'à ce moment l'orthographe lui avait paru douteuse, il se hâtait de le copier sur une page de son portefeuille, afin de pouvoir à l'occasion l'écrire correctement. La journée était tranquille ; il se complaisait dans l'ornementation des lettres capitales. On le félicitait souvent de sa belle écriture ; il était très sensible à cette congratulation. On lui promit de l'avancement. Le dimanche il s'ennuyait et se promenait dans les rues en lisant les affiches, non loin du bureau fermé.

Un jour (il n'était plus expéditionnaire, mais employé), M. Fauvel, son sous-chef, l'invita à dîner.

C'était une faveur. Siméon s'enorgueillit juste-

ment, et ne manqua pas de revêtir le frac noir de
M. Charlerie, percepteur. Ce sous-chef était un
sexagénaire qui venait d'épouser une toute jeune
femme assez jolie. Il reçut Siméon avec pater-
nité, lui prédit un bel avenir dans l'administration, le recommanda à la sympathie de madame
Fauvel, et le contraignit à manger trois fois de
chaque plat.

— Oui, mon jeune ami, disait-il, un jour, vous
serez sous-chef comme moi. Clémence, je crois
que M. Charlerie reprendrait volontiers un peu
de poulet?

Siméon était repu, tant il avait consenti aux
instances de son supérieur; mais il eut crevé dans
sa peau plutôt que de refuser une aile de volaille
offerte par les petits doigts roses de madame
Fauvel, qui lui souriait.

Dès ce jour-là, Siméon Charlerie fut amoureux.
Il était temps! Mais il fut amoureux sans le savoir. Si quelqu'un était venu lui dire : Vous

adorez madame Fauvel, il eût été prodigieusement surpris.

Pourtant il se serait fait tuer pour elle. Il ne rêvait plus d'un chat croqué par un moineau ; il voyait chaque nuit madame Fauvel, souriante, lui offrir une aile de volaille. Il se souvenait des moindres paroles de la jeune femme. « Julie, vous servirez le café dans le salon », était une phrase qu'il avait incessamment dans les oreilles.

Le sous-chef, vantant sa femme, avait dit qu'elle s'entendait fort bien aux choses de la cuisine, et qu'elle excellait surtout dans l'art d'apprêter les macaronis à la napolitaine. Siméon dîna tous les jours dans un restaurant italien, et ne mangea plus que du macaroni.

Le matin, avant d'aller au bureau, il se promenait sous les fenêtres de son sous-chef. Le dimanche, il ne s'ennuyait plus, guettant madame Fauvel à l'heure de la messe, puis à l'heure des vêpres. Il la suivait à l'église, mais il ne l'y regardait pas, parce qu'il était très pieux.

Quelquefois il dînait chez son supérieur. Ces jours-là, il sortait de table ébloui et repu : il se croyait ivre.

Pendant qu'il travaillait au bureau, il se berçait dans des rêveries moins informes. Un jour, il écrivit le mot : « Clémence » en copiant un rapport ministériel ; il l'orna si magnifiquement de paraphes multicolores et de traits délicats que, lorsqu'il remit le rapport à M. Fauvel, celui-ci s'écria :

— Voilà un mot superbement écrit ! C'est justement le nom de ma femme. Je montrerai cela à madame Fauvel.

Mais, en agissant ainsi, Siméon agissait instinctivement. L'idée qu'il aimait la femme de son supérieur ne lui était pas même venue. Il ne songeait pas à se demander pourquoi il faisait maintenant ce qu'il ne faisait pas auparavant. Incapable encore de discerner les choses de la passion d'avec celles du devoir, il suivait madame Fauvel à l'église, méthodiquement, comme il allait au bureau.

Quelques années s'écoulèrent. Siméon fut nommé commis principal. M. Fauvel mourut tout à coup d'une fluxion de poitrine. Sa veuve n'avait pas plus de vingt-cinq ans. Un jour, elle pria Siméon de lui offrir le bras pour aller à l'église. Elle était très jolie. Elle avait une petite figure blanche et rose qui avait l'air d'une pomme.

Siméon endossa le frac précieusement conservé de son père. Il osa demander à Mme Fauvel si elle ne se remarierait pas un jour.

— Le défunt était sous-chef, dit-elle.

Siméon, dès lors, fut ambitieux. Il entrevoyait vaguement dans l'avenir un inappréciable bonheur. Être sous-chef, être le mari de la jolie veuve, ces deux rêves le hantèrent.

Après plusieurs années d'attente, le premier se réalisa ; quant au second, Siméon tremblait.

Les yeux de Mme Fauvel semblaient quelquefois lui demander : « Eh bien ! » mais il n'avait garde de leur répondre.

— Allons, lui dit-elle un jour, je crois que vous me rendrez heureuse.

Le jour du mariage à l'église, le trouble de Siméon fut tel que, au moment où sa femme prononçait : oui, il s'évanouit, parce qu'il avait entendu : non.

Le bonheur, ce royaume divin, est aux pauvres d'esprit. Siméon vécut à genoux, dans l'extase. Il regardait sa femme et riait. Il lui prenait la tête, et disait : C'est à moi ! Il ne comprenait pas comment il pouvait se faire qu'il fût le mari de cette grâce et de cette beauté. Quand il sortait, il lui volait des gants ou un mouchoir pour les respirer en chemin. Il était devenu si bon que Mme Charlerie était obligée de s'opposer à ce qu'il emportât de l'argent : il donnait tout aux mendiants des rues. Il ne savait qu'imaginer pour la divertir. Il pensait qu'il n'était pas beau et qu'il fallait la rendre très heureuse pour qu'elle ne s'ennuyât pas de vivre, elle si charmante, avec lui si vilain. Il devenait ingénieux ; il apprit le langage des fleurs afin de lui apporter chaque jour un bouquet symbolique.

Mᵐᵉ Charlerie le regardait faire, avec douceur. Elle l'embrassait chaque fois qu'il revenait du bureau et l'appelait : « Mon bon Siméon ! »

Siméon lui disait :

— Que veux-tu ? je suis plus heureux que les saints du paradis. Si tu as envie de quelque chose, il faut me le dire. Tu ne me trouves pas trop laid, ni trop bête ?

Il ajoutait :

— Tiens, je t'ai apporté des boucles d'oreille en corail.

Et, pendant qu'elle les admirait, lui, à genoux, la tête renversée comme un ours câlin, il baisait le dedans d'une jolie main potelée.

Leur appartement était petit et bien clos. On voyait luire l'acajou frotté des meubles. Tout était neuf et gai. Sur une pendule de bronze doré, deux pigeons se becquetaient, les ailes entr'ouvertes. En les regardant, Siméon se frottait les mains. Les fenêtres aux vitres claires aimaient le soleil et laissaient par instants courir sur le parquet l'ombre de quelques branchages, car non loin d'elles se balançaient les arbres d'un grand jardin. Des oiseaux quelquefois pépiaient sur le rebord d'une croisée. Paris, dans ces vieilles rues, a de ces coins rieurs où le printemps séjourne.

Mme Charlerie aimait beaucoup la maison où ils logeaient, parce que les escaliers avaient les murailles lisses et qu'ils étaient toujours bien cirés. Quant à Siméon, il était ravi des nombreuses glaces qui décoraient les chambres : il pouvait voir sa femme de plusieurs côtés à la fois. Peu à peu, pour qu'elle s'y plût, il avait orné l'appartement de mille babioles. On voyait sur les che-

minées de petits paniers en coquillages, des pots
en porcelaine blanche, peinte de papillons, et des
coupes d'onyx, où il planta des oignons de tulipe.
Enfin tout souriait : il y avait de la bonne
humeur dans les tentures de perse fleurie, du
bien-être dans les canapés bien rembourrés, de
l'appétit dans les plats de ruoltz qui scintillaient
sur le dressoir de la salle à manger. Siméon disait,
en prenant sa femme par la taille : « C'est un
nid. »

Le dimanche, quand il y avait du soleil, ils
allaient à la campagne. Elle avait une robe de
mousseline comme une jeune fille, et un chapeau
rose sur des bandeaux plats. Il lui demandait :
« M'aimes-tu ? » Ils prenaient le train pour Meudon ou Ville-d'Avray. Comme elle adorait les lilas,
il en cassait des branches qui dépassaient les
murs. Ils déjeunaient sous un arbre. Il lui racon-
tait des histoires qu'il avait lues autrefois dans
les livres. Il lui expliquait, afin de paraître très-

savant, qu'il y a des rivières dans toutes les vallées et qu'on trouve des coquillages sur les plus hautes montagnes. Puis, quand il ne passait personne, il lui prenait les mains, et, en levant les yeux, il s'écriait :

— Tu es belle comme le ciel !

Ensuite ils allaient dans l'épaisseur plus profonde du bois. Ils partageaient par la moitié les fraises qu'elle trouvait. Il lui montrait les oiseaux ; il lui nommait ceux [dont il connaissait l'espèce.

Un jour, elle vit une chèvre blanche avec une barbe noire.

— Qu'elle est jolie ! dit-elle.

Il avisa un homme qui faisait paître la chèvre et la lui acheta. Tout le jour, en tirant la bête par un foulard que Siméon lui avait mis au cou, ils coururent avec elle dans les fougères. Le soir, ils furent bien embarrassés, parce qu'ils ne savaient que faire de la jolie bête. Siméon en fit présent à une petite fille dans le cabaret où ils dînèrent.

C'était ainsi qu'ils étaient fous. Son enfance, sa jeunesse, les jeux, les gaietés qu'il n'avait pas connus, il faisait tenir tout cela dans son amour. Il lui suffisait de voir sa femme incliner la tête vers lui pour éviter un fil d'araignée tendu d'un côté à l'autre d'un petit sentier, ou de l'entendre dire : « Comme les branches ont bonne odeur, » pour qu'il adorât Dieu d'avoir fait le printemps ; et, le soir, en revenant de Meudon ou de Ville-d'Avray, il songeait avec délice, en serrant parmi les plis de la jupe la petite main de sa femme : « Nous y retournerons dimanche prochain. »

Il leur naquit un fils. Ce fut un ravissement sans pareil. Siméon, pendant trois jours, répéta : « Un garçon ! un garçon ! » Pour la première fois depuis quinze ans, il demanda un congé, parce qu'il ne lui suffisait pas d'entendre crier l'enfant toute la nuit. Il le regardait, il le berçait, il disait :

« Clémence, je trouve qu'il te ressemble. » Quelquefois il se dressait tout à coup, et, se regardant dans une glace, il s'écriait : « Le père, c'est moi ! »

Ce brave homme était ridicule et exquis.

Un matin, son fils entre les bras, il se précipita vers le lit de Mme Charlerie encore malade, mais souriante, et demeura immobile, la bouche ouverte. Évidemment il voulait dire quelque chose et les paroles lui faisaient défaut pour émettre la joie qui était en lui. Sa femme le regardait, étonnée. Lui remuait ses lèvres muettes, cherchant des mots. Tout à coup, après un effort visible de réflexion, il éleva l'enfant vers la malade, et s'écria, du ton dont on appelle au feu : « *Incipe, parve puer, risu cognoscere matrem !* Sa mémoire d'écolier était venue en aide à son amour de père, et il avait trouvé cela enfin.

— Lui aussi, dit-il après cette expansion, lui -aussi apprendra le latin.

C'est ainsi que tout ce brave cœur, longtemps

inexprimé, s'épanouissait délicieusement en tendresse.

Quand le moment fut venu, il sevra lui-même son fils. Il excellait à l'emmailloter. Il supportait les petites colères du baby avec des patiences de nourrice. Mme Charlerie disait en riant :

— Tu aimes trop Fernand ; je suis jalouse.

Il répondait :

— Lui, c'est toi !

Cependant Fernand, qui grandissait, traversa un jour la chambre sur ses petits pieds incertains ; le père n'en crut pas ses yeux. Il disait à tout le monde : « Mon fils marche, c'est extraordinaire ; il n'a pas encore deux ans : cela ne s'est jamais vu ! »

Bientôt le nouveau Charlerie fut en mesure de se promener dans la rue, comme un homme.

Ce jour-là, qui était un jour d'avril, Siméon acheta pour l'enfant un petit habillement de

zouave, l'en vêtit lui-même, et dit à sa femme :
« Je trouve qu'il a l'air d'un général. »

Au delà des villes, en des pays lointains, les
forêts sont très belles ; mais, à Paris, les jardins
sont charmants. Sans eux, nous ne saurions plus
si la nature existe ; en refleurissant, ils nous
avertissent de revivre, et ils sont pleins de joie,
dès avril, car Paris met tout ce qu'il a d'enfants
dans tout ce qu'il a de soleil. La lumière rit dans
les branches encore sans feuilles qui s'enchevê-
trent sur le bleu du ciel comme d'immenses toiles
d'araignées, les passereaux piaulent en voletant :
l'un d'eux veut se poser sur l'épaule d'une petite
fille qui a peur ; d'autres marchent familière-
ment sur les plates-bandes ou sur le sable qui
paraît très blanc. Aux premiers jours du printemps, le soleil est si faible qu'il pâlit ce qu'il
éclaire, comme la lune. Quelquefois, de la cime
d'un marronnier, une colombe s'envole, effarée
par le tapage des enfants joueurs, et bientôt se

se fond dans le ciel, bleue comme lui. C'est une heure bénie. Les choses sont satisfaites, l'air est confiant, il y a de l'espoir dans la clarté; l'enfance et le printemps font une double aurore.

Dans cette joie des jardins renouvelés, on voyait passer fièrement Siméon Charlerie, donnant le bras gauche à sa femme qui riait, blanche et rose, la main droite à son fils habillé en zouave; et dans les yeux sincères de ce brave homme éclatait le double orgueil honnête d'être le mari de cette jolie femme et le père de ce bel enfant.

Mais il rencontra Rémond Pichard, un matin, en allant au bureau.

— C'est lui ! s'écria Pichard, le chapeau incliné, un gros jonc à la main. C'est lui-même ! Bonjour Siméon. Toujours gros, Charlerie ? Tu t'es marié, je crois ? Je parie que ta femme est très jolie. Embrasse-moi donc, grand niais.

Et Rémond secoua son ami d'une telle acco-

ladé que des passants crurent qu'ils se bat-
taient.

— Cette fois, sauvage, tu ne m'échapperas pas,
continua Pichard. Est-ce que tu a déjeuné ? Oui ?
Eh bien, nous dînerons ensemble. Ce soir à cinq
heures, chez Bonvalet. Ne manque pas. Prête-moi
cinquante francs. Merci. Tu sais, je suis un ami,
c'est toi qui payes. Ce brave Siméon ! toujours
le même. Plus gras seulement. A ce soir, hein ?
J'y compte.

— Oui, dis Siméon, vaincu.

Certainement, depuis plusieurs années, depuis
son mariage surtout, les idées de Siméon s'étaient
éclaircies ; muni de quelque expérience, il avait
passablement changé d'opinion sur le compte de
Rémond Pichard. Il s'avouait que son ancien camarade, avec sa grosse voix et ses gestes turbulents, devait paraître peu recommandable aux
gens qui ne le connaissaient point. Mme Charlerie,
d'ailleurs, avait coutume de dire : « Cheveux

roux, gare aux coups ! » Mais, en présence
de Pichard, le bon Siméon était incapable d'é-
prouver autre chose qu'un grand étonnement
mêlé d'admiration. Il redevenait l'enfant qu'il avait
à peine cessé d'être. Pesant, aux gestes rares, à la
parole lente, il s'extasiait des bras levés, des
cercles de canne, des crâneries de chapeau ôté
et remis, dont Rémond ponctuait les heurts de
ses phrases torrentielles. « Quel homme ! pen-
sait-il, il avait raison, il est très fort. »

Tout le jour, cependant, Siméon fut morose. Il
regardait souvent par la fenêtre le joli square
récemment planté où Mme de Charlerie venait
chaque soir, avec Fernand, l'attendre à la sortie
du bureau. Il songeait : « Que dira ma femme,
quand elle saura que je dîne hors de la maison ?
J'aurais dû refuser. Refuser à Pichard ? c'était
impossible. Si j'avais pris, comme à mon ordinaire, par la rue de Bourgogne, je ne l'aurais pas
rencontré. Pourquoi donc ai-je suivi la rue du

Bac ? Ah ! parce qu'on creuse un égout, place du Palais-Bourbon ; je ne pouvais pas dire non à Pichard, qui est mon ami. »

Et quand Mme Charlerie, selon sa coutume, vint s'asseoir sur un des bancs du petit square, et fit un signe d'amie à son mari, pendant que Fernand, d'une pelle de bois, creusait le sable d'une allée, Siméon ne sut lui répondre que d'un sourire assez penaud.

Cependant il dîna avec Rémond Pichard. Mme Charlerie lui avait dit : « C'est tout naturel : un ancien ami vous invite à dîner, il n'y a rien de plus simple ; puis tu travailles beaucoup, il faut bien que tu t'amuses un peu. Va, va, mon ami. » Siméon avait répondu : « Tu es un ange ! » Et il avait ajouté : « Donne-moi de l'argent, parce que je crois que c'est moi qui paierai le dîner. »

— Vois-tu, mon cher, dit Rémond Pichard après boire, les coudes sur la table, le bordeaux est bon, mais le bourgogne est meilleur. Le vin, c'est comme les femmes : il y a le mâcon et le médoc, il y a les blondes et les brunes ; le mâcon, c'est les blondes ; les brunes, c'est le médoc. Moi je préfère les blondes, — et le mâcon. C'est un goût. J'espère bien que ta femme est blonde ?

— Non, dit Siméon, elle est brune.

— Tant pis ! Tu a épousé une brune ? c'est extraordinaire. Je ne sais pas pourquoi, mais cela me contrarie. Moi qui justement voulais te demander de me présenter à Mᵐᵉ Charlerie. Car tu me connais, je suis un bon camarade. Ce qui est à mes amis est à moi.

— Oui, oui, dit Siméon, je te connais.

— Enfin, je ne puis pas t'en vouloir. Je n'étais pas là, tu as agi à ta fantaisie. C'est égal, une brune, c'est bien contrariant !

Et, là-dessus, Rémond Pichard ayant vidé dans son verre le fond d'une troisième bouteille de bourgogne, sonna pour en demander une quatrième.

— Ah ! les femmes, reprit-il. Toi, tu as toujours été sage, tu ne les connais pas. Mais moi, je suis un chenapan, comme on dit. Pour ce qui est des femmes, personne ne peut m'en remontrer. Eh bien ! veux-tu que je te dise ? la meilleure ne vaut pas la corde pour la pendre. Au commencement, elles sont douces comme des agneaux. Des Agnès, des Sainte-n'y-Touche. Mais il ne faut pas s'y fier.

— Il y a des exceptions, dit Charlerie.

— Pas une ! S'il y avait au monde une seule exception, est-ce que je ne l'aurais pas rencontrée ?

— C'est vrai, dit Siméon.

— Tu comprends bien que je ne veux pas t'enlever tes illusions. Les illusions, mon ami, — et, en disant ces mots, Rémond Pichard poussa un profond soupir, — les illusions, c'est ce qu'il y a de meilleur dans la vie. Garde les tiennes ! tu feras bien. C'est utile en ménage. Mais enfin, il ne faut pas être jocrisse. Je sais bien ce que tu vas me dire. Tu as rencontré ta femme dans sa famille, une famille bien honnête, bien dévote, du Marais ou des Batignolles. Tu lui as fait la cour pendant longtemps, tu as appris à la connaître avant de l'épouser. Tu es bien sûr que jamais, lorsque tu es arrivé, elle n'avait encore levé les yeux sur aucun homme. Bien ! bien ! je connais la chanson. Vous êtes tous les mêmes, vous, les hommes mariés, et il n'y en a pas un d'entre vous qui ne soit prêt à jurer qu'il a trouvé la pie au nid. Va-t'en voir s'ils viennent ! Tiens, veux-tu que je te dise ? Les fleurs d'oranger, au fond, c'est des boutons de rose, et joliment épanouis encore !

— Mais, objecta Siméon, il n'y a pas eu de fleurs d'oranger dans mon mariage, puisque j'ai épousé une veuve.

— Une veuve ? eh bien ! il ne manquait plus que cela. Si tu m'avais consulté, c'est moi qui

t'aurais empêché de faire une pareille sottise.
Mais voilà comment sont les amis ! Ils font à leur
tête, sans consulter ceux qui ont plus de raison
et d'expérience qu'eux, et quand le mal est fait,
quand il n'y a plus de remède, ils viennent se
plaindre par-ci, pleurnicher par là : « Ah ! mon
pauvre Rémond, je suis bien malheureux ; si tu
savais... tu ne peux pas t'imaginer... » Eh ! grand
dadais, il est trop tard ; qu'est-ce que tu veux
que j'y fasse maintenant ?

— Mais sapristi ! s'écria Charlerie, qui jurait
pour la deuxième ou troisième fois de sa vie, je ne
me plains pas le moins du monde. Ma femme est
une créature du bon Dieu, et je suis le plus heureux des hommes.

— Heureux avec une veuve ? avec une veuve
qui est brune ? Allons donc ! Après tout, c'est
possible. Tu es un homme simple, toi, un esprit
grossier. Tu ne réfléchis pas ; tu prends les choses comme elles font semblant d'être, sans

demander le comment ni le pourquoi. On te dit :
« C'est blanc ; » tu réponds : « C'est blanc. » Moi,
c'est autre chose. J'y vois clair. Puis, j'ai des
sentiments qu'un rien peut froisser. Mon malheur, c'est la délicatesse. Je ne suis pas un
homme, je suis une sensitive. Si j'avais épousé
une veuve, je passerais ma vie sur des charbons
ardents. Tu n'as jamais pensé à cela, toi, qu'une
veuve qui a convolé en secondes noces peut
quelquefois se souvenir de son premier mari ? Oh !
à ta place, je serais dévoré de jalousie. Ne pas
pouvoir être regardé amoureusement par la
femme qu'on aime, sans se dire : « Elle a regardé
l'autre avec ces mêmes yeux ! » Songer, quand
elle vous appelle : « Mon chéri ! » qu'il y a eu un
homme autrefois qu'elle appelait ainsi ! Tiens,
rien que d'y penser, j'ai le frisson. Il est vrai que
tout le monde n'est pas taillé sur mon patron. Je
te l'ai dit, j'ai un malheur : la délicatesse. Il y a
des gens — tu en es un exemple — qui ont

épousé des veuves et qui vivent tranquilles. Des niais ! Mais ils sont heureux, surtout quand ils n'ont pas d'enfants.

— Heureux quand ils n'ont pas d'enfants ! Qu'est-ce que tu me dis là, Pichard ? C'est depuis que mon petit Fernand est né que la vie est pour moi un véritable paradis. Il a quatre ans : c'est un petit ange, spirituel comme un diable. Je l'habille en zouave, le dimanche, lorsque nous allons aux Tuileries. Tu ne peux pas t'imaginer comme il est joli dans ce costume-là.

— Un enfant ! dit Rémond Pichard : il a un enfant !

Après ces paroles, il se leva, — avec lenteur, car le bourgogne avait quelque peu alourdi ses jambes, — fit le tour de la table, s'approcha de Siméon, qui le suivait d'un regard étonné, lui prit amicalement la tête dans ses mains, et, en le balançant de droite à gauche, puis de gauche à droite d'un air paterne et miséricordieux, il reprit avec attendrissement : « Un enfant ! il a un enfant ! pauvre ami ! »

— Ah ! ça, qu'est-ce qui te prend ? s'écria Charlerie en dégageant sa tête. Oui, j'ai un enfant, et j'espère en avoir un autre, et un autre encore. Quel malheur y a t-il là-dedans, et pourquoi me regardes-tu avec cet air désespéré ?

Rémond Pichard regagna sa place et s'assit lourdement en répétant tout bas : « Pauvre ami ! pauvre Siméon ! »

— Tu m'ennuies à la fin ! Que veux-tu dire avec ton « Pauvre ami? »

— Oh ! rien, rien du tout.

— Voyons, tu dois avoir une idée. Je te connais, tu as toujours des idées.

— Cela, c'est vrai, dit Pichard.

— Eh ! bien, explique-toi.

— Non, c'est inutile. Qu'est-ce que je veux, moi? ton bonheur ; tu es heureux, je suis content. Parlons d'autre chose, cela vaudra mieux.

J'en ai déjà trop dit, je te demande pardon. Tu sais, quelquefois on se laisse aller à penser tout haut, et puis on a du regret, parce que, sans y prendre garde, on a fait de la peine à un ami. Je te le répète, parlons d'autre chose. D'ailleurs, ce n'est pas vrai peut-être. Je l'ai entendu dire, voilà tout. Il est prudent de ne croire que ses propres yeux, et encore, malgré cette précaution, on se trompe bien souvent. Je suis un saint Thomas, moi. Quant à ce que je pensais, je ne sais même plus qui me l'a raconté. Tu vois que ce n'est pas sérieux. Ah! si, je me rappelle, c'est un chasseur qui m'a expliqué la chose. Ne te fie pas aux chasseurs! Ils ont toujours tué une demi-douzaine de lièvres avant d'avoir fait quatre pas dans la plaine. Ajoute que le chasseur en question est né en Gascogne. Les Gascons, je te conseille de ne jamais t'inquiéter de leurs hâbleries. Il avait une chienne, celui-là, une magnifique bête, ma foi! une épagneule toute noire. Tu juges s'il veillait sur elle! Mais, bah! elle avait une intrigue avec le chien d'un métayer, un affreux roquet à poils ras. Si mon chasseur tordit le cou aux petits, je n'ai pas besoin de te le dire. Et de surveiller son épagneule, et de lui donner un compagnon de la race la plus pure, ah! bien oui, il perdit sa peine. Bien que la mère n'eût jamais revu son premier amoureux, tous les nouveaux petits ressemblèrent à s'y méprendre à l'affreux roquet du métayer. Mon chasseur était furieux, mais les paysans lui affirmaient que le fait était tout naturel, et que la chose se passait toujours ainsi. Tu vois que c'est un conte à dormir debout. Et puis, qu'est-ce que cela prouverait? Quel rapport y a-t-il entre une épagneule et une femme? Voilà une bonne folie de s'imaginer, lorsqu'on a épousé une veuve, que les enfants qu'on a ressemblent à son premier mari. Je te reconnais bien là. Tu cherches, tu fouilles, tu te travailles, tu questionnes, et quand on te répond, par bonté d'âme, qui est-ce qui est attrapé? C'est toi.

Siméon Charlerie s'était levé, très pâle, et montrant le poing à son ami.

— Tu es un mauvais cœur, Rémond Pichard, cria-t-il en balbutiant. Je ne t'ai rien demandé, je n'ai rien voulu savoir, et voilà une heure que tu essayes de me mettre dans l'esprit de mauvaises pensées et de me torturer. Je te connais maintenant. Tu ne m'as jamais aimé. Je suis heureux, cela te fait de la peine. Tu es envieux. Mais je ne te crois pas, et je ne veux plus te voir, méchant, méchant, méchant homme!

Et Charlerie, brusquement, prit sa canne et son chapeau, ouvrit la porte, et s'enfuit comme quelqu'un qui a peur. L'autre le suivit, en se retenant au mur, et cria dans l'escalier : « N'oublie pas de payer l'addition, en passant, puisque tu m'as invité! »

Siméon rentra dans son bonheur et dans son repos. L'été vint. Ce fut le moment de renou-

veler les escapades adorables à Meudon et à
Ville-d'Avray. Maintenant ils étaient trois. C'est
charmant d'être mari; être mari et père, c'est
divin. Il y a des liqueurs quintessenciées dont
une seule goutte suffit à développer extraordinairement les saveurs latentes d'un breuvage; un
enfant qui s'ajoute à un couple produit un effet
analogue. Ils étaient moins fous, moins rieurs,
mais ils étaient plus heureux. Leur joie, plus
intense, était plus paisible, comme une eau, plus
profonde, est plus calme. Ils parlaient moins,
pour entendre bégayer l'enfant. Ce silence attentif
des parents se retrouve en partie dans la nature :
les femelles des oiseaux, qui couvent les nids
bavards, ne chantent pas. Ils écoutaient gazouiller
leur vie recommencée dans cette enfance. Siméon
grimpa aux arbres afin d'amuser Fernand encore
trop petit pour le suivre. Il se faisait le joujou de
son fils. Si l'enfant avait voulu ouvrir sa grande
poupée pour voir ce qu'il y avait dedans, il se

serait laissé faire. Une fois, on raconta devant
lui l'histoire du pélican qui se déchire les en-
trailles pour nourrir ses petits ; il n'admira même
pas : mourir pour ses enfants lui paraissait aussi
naturel que de vivre pour eux.

Au retour des promenades à travers champs,
c'était lui qui portait dans ses bras le petit homme
endormi. Il se plaignait des cahots de la voiture,
parce qu'ils secouaient Fernand et lui faisaient
ouvrir ses jolis yeux, après que le « marchand
de sable » était passé. Rentré, il le couchait,
bordait le lit, lui faisait répéter une prière, le
baisait au front, sur les yeux, sur la bouche, et
ne pouvait point quitter ce coin du paradis où
son ange reposait. Puis il venait, timidement, —
il n'avait jamais cessé d'être timide, — dans la
chambre où Mme Charlerie l'attendait en se
déshabillant. Il lui prenait les mains, il la regardait avec un air de profonde reconnaissance.
Tout son bonheur, c'était d'elle qu'il le tenait. Il

craignait toujours qu'elle ne sût pas assez combien il avait pour elle d'amour et de gratitude.
Quelques temps après la naissance de Fernand, il
avait imaginé, lui si naïf, si simple, si niais même,
il avait imaginé une chose exquise : il n'appelait
plus sa femme Clémence, il l'appelait Fernande.

Une nuit, c'était vers le commencement de l'hiver, Siméon s'éveilla brusquement. Ces sursauts,
qui agitent quelquefois les personnes nerveuses,
étaient tout à fait inconnus au lymphatique Charlerie. Il a dit depuis qu'il avait cru recevoir deux
petits coups sur la tempe, comme si quelqu'un
avait frappé à la porte de son esprit. Il se dressa
sur son séant et regarda dans l'ombre. L'obscurité
était parfaite, il ne pouvait rien voir ; il distingua
quelque chose pourtant : devant lui, à très peu
de distance, presque entre ses deux yeux, dans
une sorte de cadre grand comme celui d'un por-
trait-carte, une petite cascade ébouriffée s'enchevêtrait péniblement parmi des broussailles. Il y

avait très longtemps qu'il n'avait eu cette vision.
« Oh ! se dit-il, est-ce que je suis malade ? » Il
replaça sa tête sur l'oreiller ; la toile lui sembla
brûlante. Il tourna plusieurs fois dans le lit, espérant trouver à droite le sommeil qu'il n'avait pas
trouvé à gauche. Il ne sentait aucune douleur
précise. Un serrement de cœur, lent, progressif,
continu, une grande chaleur au front, c'était tout.
Il ne pensait pas à son fils, et cependant il s'entendit répéter deux ou trois fois, sans raison.
« Fernand, Fernand. »

Mme Charlerie, avec un peu d'humeur, lui dit :

— Tiens-toi donc tranquille, tu m'empêches
de dormir.

Il fit alors des efforts inouïs pour demeurer
immobile. Il tendait solidement les bras et les
jambes, et pensait : Je ne bougerai point. Mais
vainement ; il tournait encore. Qu'était-ce donc
qu'il avait ? Il ne songeait à rien, et il était comme
s'il eût été en proie à un souci dévorant. Sans

avoir aucun sujet de chagrin, il était envahi par
un désespoir intense. Chose explicable dans cette
nature où les idées se formulaient obscurément,
lentement, il éprouvait l'effet avant d'avoir dé-
mêlé la cause. Une fois, il s'écria : « Mais il est
parti pour l'Amérique ! » Et il ajouta : « Qui donc
est parti ? » Il ne se rendait pas compte qu'il
pensait à Rémond Pichard qui était allé, en effet,
chercher fortune à Philadelphie.

Tout ceci, d'ailleurs, avait lieu dans le vague
d'un demi-sommeil fiévreux.

Le matin, il était très fatigué. « Ne va pas au
bureau, » lui dit Mme Charlerie. Il répondit : « Il
vaut mieux que je n'y aille pas, tu as raison.
Il s'assit dans un fauteuil, et demeura sans mouvement. Ses idées étaient un peu moins troubles
qu'elles ne l'avaient été pendant la nuit ; il comprenait qu'une mauvaise pensée lui était venue
en songe, et l'avait éveillé. Mais il ne se rappelait
son rêve que très confusément. Sûrement il s'a-

gissait de Rémond Pichard et de Fernand. Que pouvaient avoir de commun Fernand et Rémond Pichard ? Au déjeuner il mangea peu, et ne parla point d'abord, mais tout à coup, Mme Charlerie ayant par hasard , en racontant une histoire de sa jeunesse, prononcé le nom de M. Fauvel, son premier mari, le bon et le gros visage de Siméon s'épanouit en une large grimace de joie.

— Ah ! ah ! s'écria le brave homme en se renversant sur le dossier de son fauteuil, je comprends ! je comprends !

Et il poussa un éclat de rire si joyeux, si bruyant, si sincère que Mme Charlerie et Fernand ne purent s'empêcher de faire comme lui.

— Je me rappelle maintenant, continua Siméon en s'interposant à chaque parole pour rire à gorge déployée, j'ai rêvé à ce que m'a dit Rémond Pichard. Faut-il que je sois bête pour m'être souvenu des paroles de ce gredin, la nuit, en dormant ? C'est égal, je suis bien heureux de savoir à quoi m'en tenir. Je me croyais malade. Ce bon M. Fauvel ! je l'aimais de tout mon cœur. C'est que, véritablement, Pichard, avec ses bêtises, aurait pu me faire beaucoup de mal si j'étais un esprit faible. Mais, Dieu merci, j'ai du bons sens. Viens m'embrasser, mon fils ! embrasse-moi, Fernande ! Et puisque je ne vais pas au bureau, nous allons prendre une voiture et nous irons nous promener au bois de Boulogne !

Cette journée fut une des plus heureuses de Siméon Charlerie. Il riait à tout propos. Au milieu des Champs-Élysées, il sauta au cou de sa femme et la baisa sur les deux joues devant le monde. Quelquefois il se surprenait à regarder son fils, trop longtemps, trop fixement. « Ah ! ça, disait-il alors, est-ce que je perds la tête, moi? Quel gredin que ce Pichard ! »

Et il riait à se tordre.

— Mais enfin qu'est-ce que tu as donc ? lui demandait Mme Charlerie.

Il répondait :

— J'ai ma femme et mon fils !

Et il était très content.

Ce fut son dernier jour de bonheur complet. La mauvaise pensée était en lui. D'abord elle ne lui revint qu'à d'assez longs intervalles ; le mal n'était alors qu'intermittent. Mais ces retours, quoique peu fréquents, répandaient de la tristesse sur les moments mêmes où il ne songeait pas à cela. Il parlait moins, jouait plus rarement avec Fernand ; quelquefois le soir, avant de s'endormir, il oubliait d'embrasser Mme Charlerie.

— Comme tu es devenu sérieux ! lui disait sa femme.

— C'est que je prends de l'âge, répondait-il.

Il n'avait que quarante ans.

Lui-même, à vrai dire, il ne s'imaginait pas

qu'une idée pût avoir tant d'influence sur un homme, et il était sincère en disant qu'il était devenu vieux. Quand ce qu'il appelait une « marotte » lui venait à l'esprit, il était ennuyé, non effrayé ; il murmurait : « N'y pensons plus » ; et il croyait qu'il n'y penserait plus.

Jusqu'à présent, d'ailleurs, l'idée ne s'était pas faite sienne. Elle tenait encore à Rémond Pichard, et l'aversion que lui inspirait maintenant son ancien camarade l'aidait à résister plus vivement à l'obsession dont Pichard avait été la cause première.

Il se répétait souvent : « Le menteur n'a pu dire qu'un mensonge. Il a voulu me faire de la peine, mais je ne suis pas assez idiot pour lui donner le plaisir de m'avoir rendu malheureux. Ce qu'il m'a conté n'a pas le sens commun. Il est impossible que Fernand ressemble à M. Fauvel ; je consulterai un médecin. Les médecins en savent plus long que les chasseurs, je suppose. Et puis, où serait le mal ? Quand même Fernand ressemblerait à M. Fauvel, il n'y aurait pas là de quoi se pendre. Est-ce que cela empêcherait ma femme d'être ma femme, et mon fils d'être mon fils ? C'était un très brave homme que le premier mari de ma femme, — et puis il ne lui ressemble pas le moins du monde, je le sais bien peut-être, puisque c'est à Clémence qu'il ressemble ! »

Il ne disait plus Fernande.

D'ailleurs, il n'avait pas cessé d'être amical pour sa femme, tendre pour son fils. En apparence, c'était le même homme, plus grave seulement. Mme Charlerie ne remarquait pas les regards qu'il jetait quelquefois, à la dérobée, sur Fernand.

Un dimanche, il n'était pas sorti, Mme Charlerie, entrant dans le salon pour lui dire qu'elle allait rendre une visite à une amie, le surprit qui refermait vivement une armoire.

— Que cherches-tu donc? lui demanda-t-elle.

— Rien, un livre, dit-il.

Il rougit, parce qu'il mentait. Mais elle ne s'aperçut pas de son embarras, et, prête à sortir, elle lui offrit son front à baiser.

— Tu n'emmènes pas Fernand?

— Non.

— Tant mieux.

— Pourquoi?

— Parce que nous jouerons ensemble.

Elle sourit et s'en alla.

Ce n'était pas un livre que Siméon cherchait. Il se souvenait qu'il avait vu autrefois, il ne savait où, un portrait de M. Fauvel. Il voulait le revoir. Il se rappelait très bien les traits de son ancien sous-chef: il était convaincu qu'il n'y avait entre eux et ceux de Fernand aucun point de ressemblance : pourtant, il n'aurait pas été fâché de s'en assurer mieux encore. Ainsi il en était à avoir besoin de preuves ! Mais, ce portrait, où pouvait-

il être? Il fureta dans tous les coins, sans succès ;
il demanda à la domestique :

— Madeleine, est-ce que vous n'avez pas vu un
tableau avec un cadre noir?

Il n'osait pas dire un portrait.

— Qu'est-ce qu'il représente, votre tableau?

— Un vieux monsieur, qui est décoré.

Il n'osa pas nommer M. Fauvel, que Madeleine
avait connu cependant.

— Je ne l'ai pas vu, dit Madeleine.

Elle retourna à ses fourneaux.

— C'est le portrait de papa Fauvel que tu
cherches? demanda Fernand qui jouait sur le
tapis, dans un coin du salon.

— Quoi? Qu'est-ce que tu dis? Qu'est-ce que
le papa Fauvel! cria Siméon en bondissant vers
son fils.

— Papa Fauvel, tu sais bien, c'est le mari de
maman.

Siméon se laissa tomber sur un fauteuil; il

avait tout le visage en sueur. Il se rappelait que c'était lui-même qui, naguère, avait coutume de dire « papa Fauvel ; » que l'enfant ne faisait que répéter ce qu'il avait entendu dire ; malgré cela, ces quelques mots lui bouleversèrent le cœur, et il s'écria :

— Il faut absolument que je trouve ce portrait !

— Il est dans ma chambre, sur la planche au-dessus de mon lit, dit l'enfant ; il doit joliment s'ennuyer, tourné du côté du mur.

Quelques secondes après, Siméon Charlerie, assis sur le tapis, devant la fenêtre, tenait son fils d'une main, et de l'autre le portrait de M. Fauvel.

— Aucun rapport ! aucun... Ah ! ah ! est-ce que mon Fernand a le nez rond comme une pomme de terre ! Pas du tout. Viens, mon fils, que je t'embrasse ton nez. Fernand est blond, d'ailleurs. Gredin de Pichard ! Et cette bouche ! pas la moindre ressemblance, rien, rien !

Le regard de Siméon ne cessait d'aller du

visage jaune du portrait à la face rose de Fernand.

— Dans la forme des yeux, peut-être, il y a quelque chose. La couleur, par exemple, est tout à fait différente. Mon fils a les yeux bleus, comme Clémence, et les yeux du portrait sont... Ah ! ça, on dirait que les yeux du portrait sont bleus, maintenant? Non, c'est le jour qui me trompe. Je me souviens que M. Fauvel avait les yeux gris. Quant au front, je ne sais que penser. Les bosses au-dessus des sourcils, est-ce que Fernand les a? Oui, il les a ! C'est singulier, tout à l'heure, je ne trouvais aucune ressemblance, et puis, en observant mieux...

Le pauvre homme, à force de regarder, en était arrivé à ne plus voir.

— Mais je suis fou ! je suis fou ! cria-t-il en se prenant la tête à deux mains ; puis, attirant son fils sur sa poitrine, il sanglota longtemps dans les cheveux de l'enfant étonné.

Trois mois s'écoulèrent; Siméon maigrissait ;

il n'avait plus ce visage gras et doux où aucune inquiétude n'avait jamais tracé de rides. Depuis quelque temps il parlait peu ; il en vint à ne plus parler du tout. Mme Charlerie remarqua enfin la façon étrange, presque mauvaise, dont il regardait Fernand quelquefois. Il dormait mal. Il se fit établir un lit dans le salon. Une nuit, Mme Charlerie, à travers la cloison, l'entendit pleurer et crier à plusieurs reprises : « Frappant ! c'est frappant ! Elle se leva et accourut. Siméon, debout, en chemise, marchait à grands pas. Dès qu'il la vit, il se précipita vers un coin du salon et se tint, comme pour le cacher, devant un objet carré qui était appuyé au mur.

— Va-t'en ! va-t'en ! cria-t-il ; mais va-t'en donc, madame Fauvel !

La pauvre femme eut peur. C'était la première fois qu'il lui parlait avec dureté.

— Pourquoi m'appelles-tu madame Fauvel ? dit-elle en pleurant.

Il courut à elle et la prit dans ses bras.

— Je suis un méchant! Clémence! Fernande, pardonne-moi !

Elle le crut guéri ; mais le lendemain, de tout le jour il ne prononça pas une parole,

L'idée fixe, dans cet opaque et paisible esprit, c'était comme, sur l'eau d'une mare, une grosse araignée qui se débat, patauge et s'enfonce.

D'autres malheurs survinrent. Un jour, Mme Charlerie décacheta, sans prendre garde à la suscription, une lettre adressée à son mari. Cette lettre venait du ministère. Siméon y était informé que, par suite de ses absences d'abord trop fréquentes, et maintenant continuelles, on avait été obligé de pourvoir à son remplacement. Comme Mme Charlerie, stupéfaite, achevait sa lecture, elle entendit dans l'escalier le pas de son mari, et, s'élançant vers la porte qu'elle ouvrit brusquement :

— Est-ce que c'est vrai? dit-elle en lui montrant le papier.

Siméon devint affreusement pâle; il n'osa dire ni oui ni non, se prit à trembler de tous ses membres, puis redescendit, sortit en courant, et ne rentra que lorsqu'il supposa sa femme couchée et endormie.

Depuis longtemps, en effet, Siméon n'allait presque jamais à son bureau. Assis devant sa table, immobile, il ne pouvait résister à l'envahissement toujours plus intime de la mauvaise pensée. En marchant, il réfléchissait moins et, par conséquent, souffrait moins.

Après sa destitution, il resta peu à la maison parce qu'il craignait les reproches de sa femme; des courses sans but, d'un bout à l'autre de la ville, occupèrent toutes les heures de sa journée. Il marchait droit devant lui, heurtant les passants, n'évitant les voitures que par instinct. Ses lèvres remuaient et il se parlait tout bas. « Ce n'est pas mon fils. Je n'ai pas de fils. C'est le fils de l'autre ! » Une fois un coup de vent lui emporta son chapeau, il ne s'aperçut même pas qu'il avait la tête nue. « Je n'aurais jamais cru que cela fut possible, mais c'est vrai. Les savants doivent pouvoir expliquer cela. Hier, surtout, il lui ressemblait affreusement. Quand il est venu m'embrasser, j'ai eu peur. » Le sentiment qui était en lui demeurait obscur. Il ne démêlait pas bien pourquoi cette ressemblance le faisait souffrir, mais il souffrait. Quand il rentrait, le soir, il marchait à pas de loup, espérant qu'on ne l'entendrait pas, et il essayait de se glisser sans être vu dans le salon où était son lit. Mais Mme Charlerie le guettait.

— Voyons, Siméon, parle-moi, tu es malade, qu'as-tu ?

Il répondait : ,

— Oui, oui, j'ai la migraine, mais cela se passera.

Et il se mettait à marcher à grands pas dans l'appartement. Sa femme insistait.

— Ne veux-tu pas voir Fernand avant de te coucher ?

Il marchait plus vite, et disait :

— Je le vois ! je le vois toujours !

Ou bien il s'arrêtait et fondait en larmes. Quand il pleurait, il se trouvait moins malheureux.

L'argent manqua bientôt. Ils ne possédaient rien. Ils avaient vécu des appointements de Siméon ; la place perdue, ils restaient sans ressources. Mme Charlerie hasarda quelques remontrances :

— Tu devrais, dit-elle, aller voir le ministre ?

Il lui répondit :

— Si M. Fauvel vivait encore, il me recommanderait.

La pauvre femme, bien qu'elle fût très loin de soupçonner la nature du mal qui rongeait Siméon, sentit qu'il y avait dans cette réponse quelque chose qui rendait toute réplique inutile. Elle se tut et se résigna. D'ailleurs, elle éprouvait devant son mari

cette sorte d'étonnement qu'inspirent les fous et
qui est plus voisin qu'on ne pense de l'admiration. Elle était impressionnée par l'étrangeté de
Siméon, bien plus qu'elle ne l'avait été par sa
bonhomie. Elle devenait silencieuse. Aussi,
entre le père qui ne parlait pas et la mère qui
parlait peu, l'enfant se fit taciturne. Ce ménage,
si joyeux naguère, était lugubre.

Ces trois personnes allaient, venaient, sor-
taient, rentraient sans s'adresser une parole ou
un regard. Fernand, d'ordinaire, se blottissait
sous une table et ne bougeait point, surtout quand
Charlerie était là. Il comprenait instinctivement
qu'en présence de son père, il devait exister le
moins possible. Il avait fallu renvoyer Marianne
parce qu'on ne pouvait plus la payer. Il y avait
un bureau auxiliaire du Mont-de-Piété dans la
rue qu'ils habitaient; les voisins virent entrer
Mme Charlerie dans le long couloir où naguère,
en passant, elle n'osait pas jeter les yeux.

Les armoires, en peu de temps, furent vides. Un jour, Mme Charlerie emporta sous son châle un objet assez volumineux qui faisait bosse ; c'était la pendule en bronze doré, où deux pigeons se becquetaient les ailes entr'ouvertes.

Siméon ne remarqua même pas la disparition de cette chose jadis aimée, et qui, longtemps, lui avait semblé le symbole de son bonheur. Il assistait avec indifférence à la ruine de tout ce qui avait été son orgueil et sa joie. Il ne voyait pas que l'appartement se démeublait peu à peu ; que Mme Charlerie portait une vilaine robe sombre de molleton à carreaux, elle jadis si coquette et si pimpante, et que Fernand, qu'il n'habillait plus en zouave, avait des culottes déchirées au genou, qu'on ne reprisait pas. Lui-même, qui prenait autrefois grand soin de sa personne, il était pauvrement vêtu ; il avait un habit d'été, usé et sale, pour courir sous la pluie d'hiver. Il y avait quatre mois qu'il ne s'était rasé. Cette barbe qu'il laissait

pousser pour la première fois, et qui était grison-
nante et dure, ses cheveux en désordre, ses yeux
jadis si placides, où s'allumait maintenant un
regard fixe et farouche, ses joues creusées, à la
peau jaunie par la bile, lui donnaient un air qui
souvent effrayait Mme Charlerie.

D'ailleurs, il devenait brusque. Un jour, sans
raison, après l'avoir longuement regardé, il prit
Fernand par l'épaule, et, de l'autre main, lui
donna un soufflet. Dans la maladie morale de
Siméon, la crise approchait. Une chose qui étonna
beaucoup Mme Charlerie, c'est qu'un jour en
cherchant dans une armoire une paire de draps
qu'elle voulait vendre, elle trouva le portrait de
M. Fauvel, déchiré, déchiqueté, en pièces ; elle
crut voir des traces de dents dans les lambeaux
de toile qui pendaient çà et là. D'abord, elle
éprouva quelques inquiétudes à ce sujet. Puis,
indifférente aussi, elle se dit : « Ce sont les
rats. »

Un matin, ils reçurent une lettre : on les invitait à dîner.

— Nous n'irons pas, dit Mme Charlerie.

Siméon ne sortit point ce jour-là. Il resta assis au coin de la cheminée sans feu. Il paraissait méditer profondément. Comme le soir venait :

— Eh bien ! partons, dit-il.

Il ajouta :

— Ce sont d'anciens amis : je rencontrerai chez eux quelqu'un qui m'a promis une place.

Ces paroles décidèrent Mme Charlerie ; elle crut un instant que son mari avait honte de son oisiveté. Elle essaya de composer une toilette avec de vieux chiffons dont le Mont-de-Piété n'avait pas voulu ; mais quand elle fit mine d'habiller Fernand, Siméon lui dit :

— Non, les gens chez qui nous allons n'aiment pas les enfants.

— Il y a donc des gens, dit-elle, qui n'aiment pas les enfants ?

— Oui, et qui ont des raisons pour cela.

Fernand se laissa coucher sans rébellion. La tristesse au milieu de laquelle il végétait avait tellement abattu sa vitalité, qu'il n'avait pas même songé à se faire une fête d'aller dîner en ville.

A table, Charlerie fut singulièrement gai. Il mangeait, buvait, souriait à sa voisine, et même fit un calembour. Au dessert, il proposa de chanter une chanson. Madame Charlerie ne savait que penser.

— L'affaire marche donc très bien? lui demanda-t-elle quand on quitta la table.

— Oh! très bien, admirablement bien.

Il s'approcha de la maîtresse de la maison, lui annonça qu'il était obligé de s'absenter pendant quelques instants, qu'il ne manquerait pas de revenir avant dix heures, et qu'il la priait de l'excuser. Sa femme le regardait tout étonnée. Il la baisa au front, et lui dit :

— Attends-moi.

Et il sortit en sifflant un air de danse.

Dans la rue, il marcha en se dandinant comme un bon vivant qui sort de table. « Ils ont du fameux vin dans cette maison, » se disait-il. Il avait le chapeau sur l'oreille, et faisait le moulinet avec sa canne. Il y avait quelque rapport entre ses allures et celles de Rémond Pichard, son ancien camarade. Il arriva sur les boulevards et se mêla aux promeneurs, en souriant. Une femme passant près de lui, il s'arrêta pour la regarder, et pensa : « Eh! eh! il faut se donner du bon temps. » Il était véritablement de la meilleure humeur du monde. Il paraissait décidé à se divertir. Il entra dans un café, et comme le garçon lui demandait : « Que faut-il servir à monsieur? » il répondit : « Donnez-moi ce que vous avez de plus fort. » Le garçon fut surpris. Charlerie éclata de rire.

— Bon, pensa le garçon, en voilà un qui n'engendre pas la mélancolie.

On lui servit un verre de rhum.

— Ce qu'il y a de mieux à faire, se dit-il, c'est de prendre un parti. Quand on passerait sa vie à se désespérer, cela ne servirait à rien. Il faut en finir avec les choses qui vous ennuient. Depuis que je suis décidé, je me sens gai comme un pinson. Broyer du noir, c'est absurde. Ce n'est pas Rémond Pichard qui se serait fait de la bile comme je m'en suis fait. Rémond Pichard, voilà un homme fort.

Quand il eut avalé le verre de rhum, il songea qu'il n'avait point de quoi payer. Ce n'était point qu'il eût oublié ou perdu sa bourse; il n'y avait pas d'argent à la maison depuis vingt-quatre heures.

— Oh! oh! ce sera très amusant; je vais me disputer avec le garçon, on ira chercher la police, et la police me conduira au poste. C'est très drôle le poste.

Et il se prit à rire d'un rire si bruyant qu'une

fille rousse, qui était assise à son côté, lui dit pour entrer en conversation : « Vous êtes bien gai, monsieur? » Il ne répondit pas, il avait une idée. Il profita d'un moment où le garçon qui l'avait servi était occupé dans une autre salle, ouvrit la porte et se mit à courir en riant comme un fou.

— La bonne farce! Je parie que Rémond Pichard serait content de moi. C'est le garçon qui va être attrapé, quand il s'apercevra que je ne suis plus là. Ce que j'ai bu, cela doit coûter au moins dix sous. C'était très bon. J'ai volé dix sous, c'est très drôle.

Quand il fut un peu loin, il cessa de courir.

— Maintenant, reprit-il, il faut songer aux affaires sérieuses. Je m'amuse, je m'amuse, c'est un à-compte que je prends; mais je serai bien plus content tout à l'heure.

Il s'orienta, et suivit la rue de Richelieu. Il parlait tout haut en marchant.

— Je suis bien résolu à me rendre heureux.

Jusqu'à présent j'ai été un imbécile. Pichard avait raison. La vie de ménage, d'abord, c'est ennuyeux. Je gagnerai de l'argent, j'irai au théâtre, j'aurai une maîtresse. Ce doit être très gai de souper dans les restaurants, je souperai. Il faudra que je tâche de retrouver Pichard quand il reviendra d'Amérique. Nous ferons nos fredaines ensemble. Ah! ah! il faut bien que jeunesse se passe.

Il était arrivé devant sa maison, il entra. La porte de la loge était ouverte, il vit sa concierge qui mangeait des marrons et buvait du vin blanc en compagnie de quelques voisines.

— Bonsoir, madame, dit-il; vous donnez une soirée à ce que je vois. Fort bien. Il n'y a pas de mal à prendre plaisir. Les gens renfrognés sont des imbéciles. Voilà de très beaux marrons, savez-vous?

— A votre service, monsieur Charlerie.

— Je ne dis pas non. Ils ont une odeur qui tente.

— Vous accepterez bien un verre de vin aussi?

— Et pourquoi pas? Peste! ajouta-t-il après avoir vidé le verre qu'on lui offrait, il est bon, votre vin !

Puis il se retira et monta ses quatre étages en chantonnant : *Gai! gai! la Faridondé.* Il ouvrit sa porte, la referma, et alluma une petite lampe placée sur une table dans l'antichambre.

— Il y a longtemps, dit-il, que je n'ai été si joyeux en revenant à la maison.

Il avait l'air d'être très content en effet. Ses yeux brillaient doucement. Il faisait mille gestes inutiles, comme les enfants qui s'amusent ; pour un peu, il eût sauté à cloche-pied. Pour gagner le salon, où il couchait, il fallait traverser la salle à manger ; il s'y arrêta un instant, chercha quelque chose dans le buffet, — du vin peut-être, — et se remit en marche. Il chantait :

> Tant qu'on le pourra,
> Larirette,
> L'on se damnera,
> Larira.

Dans sa joie, il essayait de se rappeler toutes les chansons qu'il avait entendues. Mais il n'alla pas jusqu'au salon. La lampe à la main, il ouvrit la porte de la chambrette où était couché son fils. C'était une sorte de grand cabinet avec une seule fenêtre donnant sur la cour ; il entra et s'approcha du lit, à peine plus grand qu'un berceau. L'enfant dormait, ses cheveux blonds et longs couraient çà et là sur l'oreiller.

— Comme c'est joli un enfant qui dort ! J'ai toujours adoré les enfants. Il y a bien longtemps que je n'ai pas dormi, moi, mais je dormirai tout à l'heure... Voyons, il ne faut pas perdre de temps, car il me semble que j'ai sommeil déjà...

Il se rapprocha encore, et tenant toujours sa lampe d'une main, il écarta de l'autre la couverture de Fernand. La petite poitrine grêle et pâle de l'enfant apparut toute nue.

— Comme il a la peau blanche ! dit-il.

Et il se pencha, sans doute pour embrasser

son fils. Il avait tiré de sa poche quelque chose qu'il tenait à la main; c'était un couteau de table.

— Tu comprends bien, petit Fauvel, dit-il d'une voix très basse, que je suis désolé d'en venir à cette extrémité, mais enfin je ne puis pas m'en tirer autrement. J'ai été malheureux assez longtemps. Ce n'est pas agréable, vois-tu, d'avoir fait un enfant qui se trouve être l'enfant d'un autre, et justement de cet autre qui, avant vous... Mais tu es trop petit pour comprendre cela, et, d'ailleurs, je te l'explique fort mal. Si Rémond Pichard était là, il te l'expliquerait, lui... Ce qu'il y a de certain, c'est qu'il faut que cela finisse. Je veux dormir et me donner du bon temps. Tant que tu es là, c'est impossible. Aussi, je vais te tuer. J'en suis bien fâché, parce que je t'aime beaucoup. Oh ! oh ! qui est-ce qui va faire un bon dodo ? qui est-ce qui fera la sourde oreille quand on l'appellera demain pour déjeuner ? C'est le petit Fauvel. »

Et Siméon, l'œil brillant, avec un rire malicieux, abaissait lentement son couteau vers la poitrine pâle de l'enfant.

—Charlerie! Charlerie! es-tu rentré? Où es-tu donc?

Lasse d'attendre son mari, Mme Charlerie était revenue seule. Agitée de je ne sais quelle inquiétude, elle traversa rapidement la salle à manger, et entra dans la chambre de Fernand. Siméon, au bruit, s'était retourné. Devenu tout à coup d'une pâleur mortelle, les yeux hors de la tête, la bouche béante, il regardait sa femme stupidement.

— Que fais-tu là? dit-elle, prise d'une horrible épouvante.

Alors il eut peur, il se mit à pousser des cris d'effroi, et, comme une bête prise au gîte, il courait en tous sens dans la chambre, cherchant une issue. L'enfant réveillé mit le comble à la terreur de Charlerie.

— Fauvel ! Fauvel ! cria-t-il.

Il sauta vers la fenêtre, l'ouvrit brusquement, et, d'un bond, s'élança dans le vide, la lampe à la main.

Quelques instants plus tard, quand les voisins, accourus aux cris de Mme Charlerie, allèrent le ramasser sur le pavé de la cour, il était mort. Heureusement.

L'ENTERREMENT

PRÉMATURÉ

L'ENTERREMENT

PRÉMATURÉ

Il est certains sujets d'un intérêt très absorbant, mais qui sont trop entièrement horribles pour être du domaine de la fiction pure. Le simple romancier doit les éviter s'il ne veut pas offenser ou dégoûter. Ils ne sont convenablement mis en œuvre que lorsque la sévérité, la majesté de la vérité les sanctifie et les soutient. Par exemple, nous tressaillons de la plus intense des douleurs voluptueuses au récit du passage de la Bérésina, du tremblement de terre de Lisbonne, de la peste de Londres, du massacre de la Saint-Barthélemy, ou de la suffocation de cent vingt-trois prisonniers dans le Trou-Noir de Calcutta. Mais dans ces récits, c'est le fait, — c'est la réalité, — c'est l'histoire qui émeut. Comme inventions, nous les regarderions simplement avec horreur.

J'ai mentionné quelques-unes des plus éminentes et des plus augustes calamités qu'on relate ; mais dans celles-ci, c'est l'extension non moins que le caractère de la calamité qui impressionne si vivement l'imagination. Je n'ai pas besoin de rappeler au lecteur que du long et sinistre catalogue des misères humaines j'aurais pu extraire quelques cas individuels plus remplis de souffrances essentielles qu'aucune de ces vastes généralités de désastres. La vraie misère, en effet, le suprême malheur est particulier, non diffus. Que le maximum spectral de l'agonie soit enduré par l'homme-unité et jamais par l'hommefoule, — c'est ce dont il faut remercier un Dieu charitable !

Etre enterré vivant est, sans contredit, le plus épouvantable maximum d'angoisse qui soit jamais échu en partage à la simple humanité. Que cela soit arrivé fréquemment, très fréquemment, ceux qui pensent ne le contesteront point. Les limites qui séparent la Vie de la Mort sont au plus haut degré ténébreuses et vagues. Qui dira où finit l'une et où commence l'autre. Nous savons qu'il y a des maladies présentant des cessations totales de toutes les fonctions apparentes de la vitalité, et dans lesquelles, néanmoins, ces cessations, à les bien nommer, sont simplement des suspensions. Ce ne sont que des pauses temporaires dans l'incompréhensible mécanisme. Une certaine période s'écoule, et quelque invisible et mystérieux principe met de nouveau en mouvement les ailes magiques et les roues enchantées. La corde d'argent n'était pas détendue à jamais, ni l'archet d'or irréparablement rompu. Mais où, dans l'intervalle, était l'Ame ?

Abstraction faite, d'ailleurs, de cette inévitable conclusion *a priori* que les mêmes causes doivent produire les mêmes effets, — que l'occurrence avérée de ces cas de vitalité suspendue doit naturellement donner origine [par-ci par-là à des enterrements prématurés, — abstraction faite de cette considération, nous [avons le témoignage direct d'expériences scientifiques et vulgaires pour prouver qu'un grand nombre de ces enterrements a eu lieu en effet. Je pourrais renvoyer, s'il était nécessaire, à une centaine de cas bien authentiques. Il s'en est présenté un d'une nature très remarquable, il n'y a pas longtemps, dans la cité de Baltimore, où il occasionna une émotion douloureuse, intense et très étendue.

L'un des plus respectacles citoyens — homme de loi éminent et membre du Congrès — vit sa femme saisie d'un mal soudain et inexplicable qui déjoua l'habileté des médecins. Après beaucoup de souffrances, la dame mourut ou fut censée mourir. Nul ne soupçonna, en réalité, ou n'eut lieu de soupçonner qu'elle ne fût pas morte effectivement : elle présentait toutes les apparences ordinaires de la mort. La face prit les contours habituels, affaissés et pincés. Les lèvres avaient la pâleur de marbre accoutumée. Les yeux étaient sans éclat. Il n'y avait pas de chaleur. La pulsation avait cessé. Le corps fut conservé trois jours sans être inhumé, et durant ce laps, il acquit une rigidité pierreuse. Bref, on hâta les funérailles à cause du progrès rapide de ce qu'on supposait être la décomposition.

On déposa la dame dans un caveau de famille, lequel, pendant les trois années subséquentes, demeura intact. A la fin de cette période, il fut ouvert pour recevoir un sarcophage. Mais, hélas ! quelle effroyable commotion attendait le mari,

qui, en personne, ouvrit la porte ! Comme les
battants se projetaient en dehors un objet enve-
oppé de blanc lui tomba, en cliquetant, dans les
bras. C'était le squelette de sa femme dans son
linceul, non décomposé encore.

Une investigation minutieuse rendit évident
que la dame avait revécu dans les deux jours
consécutifs de son enterrement ; — que ses efforts en dedans du cercueil avaient fait tomber
celui-ci, d'un rayon, sur le sol où il s'était
cassé de manière à permettre à la victime de
s'échapper.

Une lampe accidentellement laissée pleine
d'huile, à l'intérieur du sépulcre, fut trouvée
vide ; il se pouvait qu'elle eût été épuisée par
l'évaporation.

Sur la plus haute des marches qui descendaient
dans la formidable chambre, gisait un grand
fragment de la bière au moyen duquel il semblait
que la dame eût essayé d'attirer l'attention en

frappant contre le portail en fer. Elle s'évanouit
probablement pendant qu'elle était occupée de la
sorte, ou, peut-être, trépassa de frayeur ; et dans
la chute, son linceul s'enchevêtra dans quelques ferrures qui se projetaient intérieurement,
si bien qu'elle resta, si bien qu'elle pourrit debout !

En l'année 1810 se présenta en France un cas
d'inhumation précipitée, accompagné de circonstances qui vont loin dans la justification de ce
dire : « La vérité est plus étrange que la fiction. »
L'héroïne de l'histoire fut Mlle Victorine Lafour-
cade, jeune fille d'illustre maison, riche et douée
d'une grande beauté personnelle. Parmi ses nombreux prétendants se trouvait Julien Bossuet, un
pauvre *littérateur* ou journaliste parisien, que
son talent et son aménité générale avaient re-
commandé à l'attention de l'héritière. Elle paraît
l'avoir sincèrement aimé. Mais l'orgueil familial
la fit se résoudre à l'évincer et à épouser un

monsieur Renelle, banquier et diplomate assez éminent. Après le mariage, cependant, ce gentleman la négligea et peut-être même la maltraita positivement. Ayant passé avec lui quelques années misérables, elle mourut ; — son état du moins ressembla d'assez près à la mort pour tromper quiconque la vit. Elle fut enterrée — non dans un caveau — mais dans une tombe ordinaire, près du village où elle était née. Plein de désespoir et toujours enflammé par le souvenir d'un attachement profond, Julien se mit en route pour la province où se trouve le village, dans le but romanesque de déterrer le cadavre et de se mettre en possession des tresses luxuriantes de son amie.

Il arrive à la fosse. A minuit il déterre le cercueil, l'ouvre et le voilà occupé à détacher la chevelure, quand il est arrêté par l'entre-bâillement des yeux adorés.

En effet, la dame avait été enterrée vive ; la

vitalité ne l'avait pas encore totalement aban-
donnée, et les caresses de son amant l'éveillèrent de la léthargie qui avait été prise pour la
mort. Frénétiquement, Julien la porta à son
logement dans le village. Il employa certains
cordiaux très actifs que lui suggérait une érudition médicale assez étendue. Enfin elle revécut.
Elle reconnut son sauveur. Elle demeura près de
lui jusqu'à ce qu'elle eut, par lents degrés,
recouvré pleinement sa santé primitive. Son cœur
de femme n'était pas de diamant, et cette dernière leçon d'amour suffit pour le fléchir. Elle
l'accorda à Bossuet. Elle ne retourna plus auprès
de son mari, mais, lui cachant sa résurrection,
elle se réfugia avec son amant en Amérique.
Vingt ans après ils revinrent à Paris, persuadés
que le temps avait si grandement modifié l'aspect de la dame, que ses amis seraient incapables de la reconnaître. Ils se trompèrent cependant, car, à la première rencontre, M. Renelle

reconnut parfaitement sa femme, et la réclama.
Elle résista à cette réclamation, et un tribunal
judiciaire la soutint dans sa résistance, — déci-
dant que les circonstances particulières et le long
cours d'années avaient aboli, non seulement
selon l'équité naturelle, mais selon la loi, l'autorité du mari.

Le *Journal chirurgical* de Leipzig, publication
périodique d'une grande autorité et d'un grand
mérite, a relaté dernièrement un événement de
l'espèce en question vraiment désolant.

Un officier d'artillerie, homme d'une stature
gigantesque et d'une santé robuste, jeté à terre
par un cheval indomptable, reçut à la tête une
contusion très grave, qui le plongea aussitôt dans
l'insensibilité. Le crâne était légèrement fracturé:
mais on ne redoutait aucun danger immédiat. Le
malade fut trépané avec succès ; il fut saigné et
l'on appliqua plusieurs autres des moyens ordinaires de soulagement. Par degrés, néanmoins, il

tomba dans un état de stupeur de plus en plus désespéré, et finalement on pensa qu'il était mort.

Le temps était chaud et le corps fut enterré, avec une hâte indécente, dans l'un des cimetières publics. Les funérailles eurent lieu un jeudi. Le dimanche suivant, les terrains du cimetière étaient, comme de coutume, fort encombrés de visiteurs, et, vers midi, une émotion profonde fut produite par un paysan qui déclara que, s'étant assis sur le tombeau de l'officier, il avait distinctement senti une commotion de la terre, paraissant causée par quelqu'un qui se débattait en dessous. On ne prêta d'abord que peu d'attention au récit de cet homme; mais son évidente terreur et l'obstination brutale avec laquelle il persistait dans son assertion firent à la longue sur la foule leur effet naturel. On se procura précipitamment des pioches, et la fosse, qui était honteusement superficielle, fut en peu de minutes si bien ouverte qu'on vit apparaître la tête de son occupant. Il était alors, en apparence, mort ; mais il était assis presque droit dans son cercueil, dont le couvercle, en des luttes furieuses, avait été en partie soulevé.

Le corps fut aussitôt porté à l'hôtel le plus voisin, et là on déclara qu'il était encore vivant, quoique en état d'asphyxie. Après quelques heures, il revint à la vie, reconnut des individus de sa connaissance, et, en des phrases entrecoupées, parla de ses agonies dans la tombe.

De ce qu'il raconta il résulta clairement qu'étant enterré il avait eu conscience de sa vie pendant plus d'une heure avant de tomber dans l'insensibilité. Le tombeau ayant été rempli négligemment et légèrement avec de la terre très poudreuse, un peu d'air pénétrait nécessairement. Il entendit les pas de la foule au-dessus de sa tête et essaya de se faire entendre à son tour. Ce fut selon ses dires, le tumulte dans l'enclos du cimetière qui l'éveilla comme d'un profond sommeil ; mais il ne fut pas plutôt éveillé qu'il s'aperçut pleinement de l'horreur stupéfiante de sa position.

Ce malheureux, à ce qu'on rapporte, n'allait point mal et paraissait être dans une bonne voie de rétablissement définitif, mais il succomba victime du charlatanisme de l'expérimentation médicale. On lui appliqua une batterie galvanique, et il expira soudainement dans un de ces paroxysmes extatiques que développe quelquefois l'électricité.

Cette mention de la batterie galvanique me remémore un cas bien connu et bien extraordinaire, où son action réussit à restaurer la vitalité chez un jeune avocat de Londres qui avait été enterré pendant deux jours. Ce fait se passa en 1831 et produisit en ce temps une sensation très profonde partout où on en fit un sujet de conversation.

M. Edouard Stapleton, la victime, était mort

apparemment d'une fièvre typhoïde accompagnée de quelques symptômes anormaux, qui avaient excité la curiosité de ses médecins. A son décès extérieur, ses amis furent sollicités de sanctionner un examen *post mortem*, mais ils refusèrent l'autorisation. Comme il arrive souvent quand de pareils refus ont lieu, les praticiens résolurent de déterrer le corps et de le disséquer à loisir, entre eux. Des arrangements furent aisément effectués avec quelques individus du corps nombreux des Résurrectionistes (1), dont Londres abondait alors et la troisième nuit après les funérailles le cadavre supposé fut exhumé d'un tombeau profond de huit pieds et déposé dans l'amphithéâtre d'un hôpital particulier.

Une incision d'une certaine étendue venait d'être faite à l'abdomen, quand l'apparence fraîche et peu délabrée du cadavre suggéra l'idée d'une

(1) Sorte de gens qui déterrent les cadavres pour les vendre.

application de la batterie. Une expérience suivit l'autre, et les effets habituels survinrent, n'ayant, sous aucun rapport, rien de caractéristique, si ce n'est, une ou deux fois, un degré plus qu'ordinaire de similitude avec la vie dans les mouvements convulsifs.

Il se fit tard, le jour commença à poindre, et on jugea convenable de procéder aussitôt à la dissection. Un étudiant, cependant, était particulièrement désireux d'éprouver sa théorie personnelle, et insista pour qu'on appliquât la batterie à un des muscles pectoraux. Une incision grossière fut pratiquée et un fil de fer promptement mis en contact. Alors, le patient, avec un mouvement précipité, mais qui n'avait rien de convulsif, se leva de la table, marcha au milieu de la salle, regarda autour de lui fixement et avec inquiétude, pendant quelques secondes, et puis parla. Ce qu'il disait était inintelligible, mais des mots furent prononcés. La syllabisation était distincte. Ayant parlé, il tomba lourdement à terre.

Pendant quelques moments tous les assistants furent paralysés par l'horreur ; mais l'urgence du cas leur rendit bientôt leur présence d'esprit. Ils reconnurent que M. Stapleton était en vie, quoique évanoui. Au moyen d'une application d'éther il revint à lui et fut rapidement rendu à la santé et à la société de ses amis, auxquels cependant on dissimula toute connaissance de sa résurrection jusqu'à ce qu'une rechute ne fût plus à craindre. Leur étonnement et leur émerveillement extasié peuvent se concevoir.

La particularité la plus satisfaisante de cette aventure, néanmoins, est contenue dans ce que raconte M. Stapleton lui-même. Il affirme qu'à aucune période il ne fut tout à fait insensible ; que, vaguement et confusément, il sut tout ce qu'il advenait de lui depuis le moment où il fut déclaré mort par les médecins jusqu'à celui où il tomba évanoui sur le plancher de l'hôpital. « Je suis vivant ! » sont les mots incompris que, en reconnaissant la localité de l'amphithéâtre, il essaya en cette extrémité de proférer.

Ce serait chose facile que de multiplier les histoires telles que celles-ci : mais je m'abstiens ; nous n'avons pas besoin de tant d'exemples pour établir qu'il se produit des enterrements prématurés. Quand nous réfléchissons combien il est rare, par la nature même de ces cas, que nous ayons la possibilité de les découvrir, nous devons admettre qu'ils peuvent *fréquemment* avoir lieu sans venir à notre connaissance ; et, effectivement, jamais on n'empiète sur un cimetière, pour un motif quelconque, dans une certaine étendue, sans que des squelettes soient trouvés dans des attitudes qui suggèrent les plus effroyables des soupçons.

Effroyable, en effet, le soupçon, mais plus effroyable le fait ! On peut affirmer sans hésitation qu'aucun événement n'est aussi terriblement combiné de manière à produire le maximum des détresses physiques et mentales que l'enterrement avant la mort. L'insupportable oppression des poumons, — les exhalaisons étouffantes de la terre moite, — l'adhérence du corps aux vêtements mortuaires, — l'embrassement rigide de l'habitacle étroit, — la noirceur de la Nuit absolue, — le silence pareil à une mer qui engloutit, — la présence invisible, mais palpable, du Ver Conquérant, — ces choses, avec des pensées d'air et d'herbe, là-haut, avec la mémoire de chers amis qui voudraient accourir pour nous sauver s'ils étaient seulement informés de notre sort. avec la conscience qu'ils ne peuvent d'aucune façon en être informés, — que notre lot désespéré est celui des vrais morts, — ces considérations, dis-je, font entrer dans le cœur qui palpite encore une somme d'épouvante et d'intolérable horreur, devant laquelle doit reculer

l'imagination la plus téméraire. Nous ne connais-
sons rien de si agonisant sur terre, — nous ne
pourrons rien connaître d'à moitié aussi hideux
dans le royaume de l'enfer le plus bas. De sorte
que toutes les narrations sur ce sujet ont un profond intérêt, — un intérêt cependant qui, à cause
de la solennité terrible du sujet lui-même, dépend
strictement et particulièrement de la *vérité* de la
chose racontée.

Ce que j'ai à dire maintenant est à *ma* connaissance actuelle — fait partie de mon expérience
positive et personnelle.

Il y a quelques années, j'étais sujet à des attaques de ce mal étrange que les médecins se
sont accordés à nommer la Catalepsie, faute d'un
titre définitif. Quoique les causes immédiates
aussi bien que les causes prédisposantes, quoique
même la diagnose effective de cette maladie soient
toujours mystérieuses, son caractère sensible et
apparent est suffisamment bien défini. Ses varia-

tions semblent être principalement des variations d'intensité. Quelquefois, le patient gît pendant un seul jour ou même pendant une période plus courte dans une espèce de léthargie excessive ; il est insensible, et, extérieurement, immobile ; mais la pulsation du cœur est encore faiblement perceptible ; quelques traces de chaleur subsistent ; une légère couleur languit encore au centre de la joue, et l'application d'un miroir aux lèvres permet de découvrir une action torpide, inégale et vacillante des poumons. D'autres fois, la catalepsie se prolonge pendant des semaines, pendant même des mois, et alors l'examen le plus strict et les épreuves médicales les plus rigoureuses ne réussissent pas à établir une distinction matérielle quelconque entre l'état du cataleptique et ce que nous concevons de la mort absolue. Très communément, le malade est préservé d'un enterrement prématuré seulement par la connaissance où sont ses amis qu'il a été précédemment sujet à la catalepsie, par le soupçon que cette connaissance excite logiquement, et surtout par la non-apparence de décomposition. Les progrès de la maladie sont, heureusement, graduels. Les premières manifestations, quoique assez notables, ne prêtent pas à l'équivoque. Les accès deviennent de plus en plus caractéristiques et durent chacun plus longtemps que le précédent. Là gît la principale sécurité contre l'enterrement : l'infortuné dont la première attaque aurait le caractère extrême qu'on remarque en certaines occasions, serait inévitablement livré tout vif au tombeau.

Mon propre cas ne diffère qu'en des particularités peu importantes de ceux mentionnés dans les livres médicaux. Quelquefois, sans une cause apparente quelconque, je tombais peu à peu dans un état de demi-syncope ou de demi-évanouissement ; et, dans cet état, sans douleur, sans possibilité de remuer, ou, pour parler strictement, de penser, mais avec une vague et léthargique conscience de la vie et de la présence de ceux qui entouraient mon lit, je demeurais jusqu'à ce que la crise du mal me rendît soudainement à une perception parfaite. D'autres fois, je fus promptement et impétueusement frappé. Je devenais malade, et muet, et glacé, et vertigineux, et tombais aussitôt en prostration. Puis, pendant des semaines, tout était vide, et noir, et silencieux. L'Univers devenait Rien. C'était le degré suprême de l'annihilation totale. De ces dernières attaques je me réveillais par une gradation lente en proportion de la soudaineté du saisissement. Tout comme le jour se lève pour les mendiants sans amis et sans maison, qui vagabondent par les rues à travers une longue et désolée nuit d'hiver — tout aussi tardivement, — tout aussi péniblement, — tout aussi allègrement, — me revenait la lumière de l'âme.

Abstraction faite de la tendance à la catalepsie, ma santé générale paraissait bonne. Je ne pouvais même pas percevoir qu'elle fût le moins du monde affectée par la maladie prédominante, à moins qu'une idiosyncrasie dans mon *sommeil* ordinaire ne dût être considérée comme un résultat. En m'éveillant de ce sommeil, je ne pouvais jamais prendre aussitôt une possession entière de mes sens, et je restais toujours pendant quelques minutes dans beaucoup de troubles et de perplexités : les facultés mentales en général et la mémoire spécialement étant dans un état de vacance absolue.

Dans tout ce que j'endurais il n'y avait pas de souffrances physiques ; mais, de détresses morales, une infinité. Mon imagination devenait un ossuaire. Je parlais de « vers, de tombeaux et d'épitaphes » ; j'étais perdu dans des rêveries de mort, et l'idée d'un enterrement prématuré était perpétuellement en possession de mon cerveau. L'horrible danger auquel j'étais exposé me troublait jour et nuit. Le jour, la torture de la médi-

tation était excessive; la nuit, suprême. Quand
l'obscurité hideuse se répandait sur la terre, alors,
avec une véritable horreur mentale, je frissonnais, — frissonnais comme les palmes trem-
blantes du char funèbre. Quand mon corps ne
pouvait plus endurer l'état de veille, c'était avec
des luttes que je me résignais à dormir, car je
frémissais à la réflexion que, en m'éveillant, je
pourrais me trouver le locataire d'un tombeau. Et
quand, finalement, je tombais dans le sommeil,
c'était seulement pour me précipiter aussitôt dans
un monde de fantômes, au-dessus duquel, avec
de vastes ailes noires, qui font de l'ombre, planait,
prédominante, unique, l'idée du sépulcre.

Parmi les innombrables et ténébreuses images
qui m'oppressaient en rêve, je choisis pour mémoire une seule vision.

Il me sembla être immergé dans une transe
cataleptique d'une durée et d'une profondeur plus
qu'ordinaires. Soudainement, une main glacée

vint se poser sur mon front, et une voix impatiente et inarticulée murmura dans mon oreille les mots : Lève-toi !

Je me dressai sur mon séant. L'obscurité était totale. Je ne pouvais pas voir la forme de celui qui m'avait éveillé. Je ne pouvais me remémorer ni en quel moment j'étais tombé dans cet accès, ni le lieu où j'étais couché maintenant. Pendant que je restais sans mouvement et me consumais en de vaines tentatives pour rassembler mes pensées, la main froide me saisit violemment par le poignet et le secoua avec pétulance, tandisque la voix inarticulée reprenait :

— Lève-toi ! Ne t'ai-je pas dit de te lever ?

— Mais qui es-tu ? demandai-je.

— Je n'ai pas de nom dans les régions que j'habite, répliqua la voix pleine de tristesse. J'étais mortel, mais je suis démon. J'étais impitoyable, je suis charitable. Tu sens que je frissonne. Mes dents claquent lorsque je parle, ce

n'est pas du froid de la nuit — de la nuit sans fin.
Oh ! mais cette hideur est inexorable ; comment
peux-tu dormir tranquillement ? Je ne peux pas
me reposer à cause du cri de ces grandes agonies.
Ces visions sont au-delà de ce que je puis sup-
porter. Lève-toi ! Viens avec moi dans la Nuit
extérieure, et laisse-moi t'ouvrir les tombeaux.
N'est-ce pas là un spectacle de malheur ! — Regarde !

Je regardai : l'Etre invisible, qui me tenait
encore par le poignet, avait fait s'ouvrir les tombes
de tous les morts, et de chacune d'elles sortait le
rayonnement phosphorescent de la pourriture ; de
sorte que je pouvais voir au fond des retraits les
plus intimes, voir les corps ensevelis dans leur
sommeil triste et solennel avec le ver ; mais hélas !
les vrais dormeurs étaient moins nombreux de
beaucoup de millions que ceux qui ne dormaient
pas du tout ; et il y avait de faibles efforts, et il y
avait partout une affreuse inquiétude ; et de la

profondeur des fosses sans nombre montait un bruissement mélancolique de linceuls ; et de ceux qui paraissaient reposer tranquillement, je vis qu'un grand nombre avait modifié plus ou moins la rigide et incommode position dans laquelle ils avaient été d'abord enterrés. Et encore une fois la voix me dit, pendant que je regardais fixement :

— N'est-ce pas ! oh ! n'est-ce pas un aspect pitoyable ?

Mais avant que je pusse trouver des mots pour répondre, l'Etre avait cessé de tenir mon poignet ; les lumières phosphorescentes expirèrent, et les tombeaux furent fermés avec une violence soudaine, tandis qu'il s'en élevait un tumulte de cris désespérés, répétant : « N'est-ce pas — oh ! Dieu — n'est-ce pas un aspect lamentable ? »

De pareilles rêveries se produisant la nuit, prolongeaient leur redoutable influence dans mes heures de veille. Mes nerfs se détendirent entièrement, et je devins la proie d'une épouvante per-

pétuelle. J'hésitais à monter à cheval, ou à me
promener, ou à me livrer à un exercice quelconque, susceptible de m'écarter de chez moi ; je
n'osais plus me risquer hors de la présence immédiate de ceux qui connaissaient ma tendance à
la catalepsie, afin, si je tombais dans mes accès
habituels, de n'être pas enterré avant que mon
état réel fût constaté. Je doutais des soins, de la
fidélité de mes plus chers amis. Je craignais que
pendant quelque catalepsie d'une durée plus
qu'ordinaire, ils ne se décidassent à me considérer comme irrévocablement perdu. J'en arri-
vais même à redouter qu'à cause du grand trouble
que j'occasionnais, ils pussent être fort aises de
considérer quelque attaque très prolongée comme
une excuse suffisante pour se débarrasser tout à
fait de moi. C'était en vain qu'ils s'efforçaient de
me rassurer par les assurances les plus solen-
nelles. J'exigeai qu'ils me promissent avec des
serments sacrés que, dans aucune circonstance,

ils ne m'enterreraient avant que la décomposition fût assez sensiblement avancée pour rendre impossible tout salut ultérieur. Mais, malgré tout, mes terreurs mortelles ne voulaient entendre aucune raison, ne voulaient accepter aucune consolation. J'entrai dans une série de précautions méticuleuses. Entre autres choses, je fis construire le caveau de ma famille, de manière qu'il pût être prestement ouvert de l'intérieur. La pression la plus légère sur un long levier qui s'étendait au loin dans le sépulcre, suffisait à faire voler en arrière les battants du portail de fer. Il y eut aussi des aménagements pour la libre admission de l'air et de la lumière, et de convenables réceptables pour la victuaille et pour l'eau, à la portée immédiate du cercueil, destiné à me recevoir. Ce cercueil fut chaudement, moelleusement doublé : on le pourvut d'un couvercle façonné selon les principes de la porte du caveau, et où s'ajoutèrent des ressorts machinés, de sorte, que le mouvement le plus faible du corps serait suffisant à mettre le captif en liberté. Outre cela, une grande cloche pendait du toit sépulcral, et sa corde était destinée à s'étendre, à travers un trou, jusque dans le cercueil et aussi à être assujettie à une des mains du cadavre. Mais, hélas ! que peut la vigilance contre la destinée humaine ! Ces précautions elles-mêmes, si bien combinées, ne suffirent pas à sauver des extrêmes agonies de l'inhumation prématurée un misérable prédestiné à cette agonie.

Un moment se présenta — comme il s'en était fréquemment présenté — où je me trouvai revenant de l'insensibilité absolue dans le premier, faible et indéfini sentiment d'existence. Lentement — avec une gradation de tortue — s'approchait le pâle et gris crépuscule du jour psychique. — Une inquiétude torpide. — L'endurance apathique d'une douleur lourde. — Aucun soin — aucune espérance — aucun effort. Puis, après un long intervalle, un tintement dans les oreilles ; puis après un laps plus long encore, une sensation de picotement ou de fourmillement dans les extrémités ; puis, une période en apparence éternelle de quiétude agréable, pendant laquelle les sentiments qui s'éveillent, se débattent vers la pensée ; puis, une brève rechute dans le non-être, puis, un recouvrement soudain. Plus tard le léger tremblement d'une paupière et, immédiatement après, le choc électrique d'une terreur mortelle et indéfinie qui envoie le sang en torrent des tempes au cœur. Et maintenant, le premier effort positif pour penser ; et maintenant le premier essai de se souvenir et maintenant un succès partiel et s'évanouissant ; et maintenant la mémoire regagnant assez son domaine pour que, dans une certaine mesure, je sois conscient de mon état. Je sens que je ne m'éveille pas d'un sommeil ordinaire. Je me rappelle que j'ai été soumis à une attaque de catalepsie. Et alors, enfin, comme par l'entrée précipitée d'un océan, mon esprit frémissant est dompté par le terrible danger unique, par la spectrale et toujours prédominante idée unique.

Pendant quelques minutes, après que cette idée se fut emparée de moi, je restai sans mouvement. Pourquoi donc ? Je ne pouvais sommer mon courage de se mouvoir. Je n'osais pas faire l'effort qui me convaincrait de mon sort. — Et cependant il y avait quelque chose dans mon cœur qui chuchotait : « C'est certain ! » Un désespoir tel qu'aucune autre espèce de misère n'en a jamais fait naître, — le désespoir seul me contraignit, après une longue irrésolution, à lever les lourdes paupières de mes yeux. Je les levai. Il faisait sombre, tout à fait sombre. Je connus que l'accès était passé. Je connus que la crise de mon mal était passée depuis longtemps. Je connus que j'avais, maintenant, pleinement recouvré l'usage de mes facultés visuelles, — et cependant il faisait sombre, tout à fait sombre ; l'absence de rayons, intense et extrême, de la nuit qui dure toujours.

J'essayai de pousser des cris perçants ; et mes lèvres et ma langue desséchées s'agitèrent ensemble, convulsivement, dans cette tentative, mais aucune voix ne sortit de mes poumons caverneux qui, oppressés comme du poids de quelque montagne écrasante, haletaient et palpitaient avec mon cœur à chaque inspiration laborieuse et pleine de luttes.

Le mouvement de mes mâchoires, dans cet effort pour crier, me fit reconnaître qu'elles étaient comprimées comme le sont habituellement celles des morts. Je sentis aussi que je gisais sur une matière dure ; mes côtés étaient étroitement comprimés par quelque chose d'analogue. Jusque-là je n'avais osé remuer aucun de mes membres ; mais alors, je dressai violemment mes bras qui avaient été posés, dans toute leur longueur, en croix sur la poitrine. Ils heurtèrent une solide substance ligneuse, qui s'étendait au-dessus de ma personne, à une distance de six pouces au plus de ma face. Enfin, je n'en pouvais plus douter : j'étais dans un cercueil.

Et maintenant, à travers mes infinies angoisses, s'approcha doucement le chérubin Espérance, — car je pensais à mes précautions. Je me tordis, je fis des efforts convulsifs pour forcer le couvercle à s'ouvrir : il ne bougea point. Mes bras tâtaient, cherchant la corde de la cloche : ils ne la trouvèrent pas. Et, alors, le chérubin consolateur disparut à jamais, et un désespoir encore plus sombre régna triomphalement, car je ne pouvais m'empêcher de sentir l'absence de la doublure que j'avais si soigneusement préparée. Alors aussi monta soudainement à mes narines l'odeur forte et particulière du sol humide. La conclusion était irrésistible : je n'étais pas à l'intérieur du caveau. J'étais tombé en catalepsie, pendant une absence, — parmi des étrangers, quand, où, comment, je ne pouvais me le rappeler, et c'é-taient eux qui m'avaient enterré comme un chien cloué dans quelque cercueil banal, et jeté profon-dément et pour toujours dans quelque fosse ordi-naire sans nom.

Quand cette horrible conviction se fut imposée dans les plus intimes retraits de mon âme, j'es-sayai encore une fois de crier, et dans ce second effort, je réussis. Un long, sauvage et continuel cri d'effroi, ou plutôt un hurlement d'agonie, résonna à travers les royaumes de la nuit souter-raine.

— Hilli, hillo ! là ! répondit une voix brusque.

— Que diable est-ce que cela ? dit un second personnage.

— Finissez donc ! dit un troisième.

— Qu'est-ce que cela signifie de hurler de la sorte ! dit un quatrième.

Et là-dessus je fus saisi et secoué sans céré-

monie pendant plusieurs minutes par un groupe
d'individus a l'air très brutal. Ils ne m'éveillèrent
pas de mon sommeil, car je m'étais tout à fait
éveillé en poussant le hurlement aigu. Mais ils me
remirent en possession de ma mémoire.

Cette aventure se passait près de Richmond, en
Virginie. En compagnie d'un ami, j'avais fait
dans une partie de chasse quelques milles en aval
sur les bords du fleuve James. La nuit survint, et
nous fûmes surpris par un orage. La cabine d'une
petite corvette qui était à l'ancre dans le fleuve et
portait un chargement de terre végétale nous
fournit le seul abri possible. Nous fîmes comme
nous pûmes et passâmes la nuit à bord. Je dormis
dans l'un des deux hamacs du vaisseau ; et les
hamacs d'une corvette de soixante ou de soixante-
dix tonneaux ont à peine besoin d'être décrits.
Celui que j'occupai n'offrait aucune sorte de lite-
rie. Sa largeur extrême était de dix-huit pouces.
La distance, du fond de cela au pont qui surplom-

bait ma tête, était exactement la même. Il me fut
excessivement difficile de me fourrer là-dedans.

Néanmoins je dormis sainement, et ma vision
tout entière — car ce n'était ni un rêve ni un
cauchemar — provint naturellement des circonstances de ma position, — du penchant ordinaire
de mes pensées — de la difficulté, à laquelle j'ai
fait allusion, de rassembler mes esprits, et particulièrement de reconquérir la mémoire, difficulté
qui subsiste longtemps après mon réveil. Les
hommes qui me secouèrent étaient l'équipage de
la corvette et quelques ouvriers engagés pour la
décharge. C'est du chargement lui-même que
venait l'odeur terreuse. Le bandage autour des
mâchoires n'était autre qu'un mouchoir de soie
dans lequel j'avais lié ma tête, à défaut de mon
bonnet de nuit accoutumé.

Les tortures endurées cependant avaient été
indubitablement égales, quant au temps, à celles
d'une sépulture véritable. Elles furent terribles,

elles furent inconcevablement hideuses ! Mais d'un
mal vint un bien, car leur excès même opéra dans
mon esprit une inévitable révulsion. Mon âme
prit du ton, prit du sang-froid. J'allai à l'étranger.
Je fis des exercices vigoureux. Je respirai l'air
libre du ciel. Je pensai à des sujets autres que la
mort. J'éloignai mes livres médicaux. Je brûlai
Buchan. Je ne lus pas les *Pensées de la Nuit*, ni
aucune billevesée à propos de cimetières, ni des
contes pour faire peur *comme celui-ci*. Bref, je devins un nouvel homme et vécus la vie d'un
homme. Dès cette mémorable nuit, je congédiai
pour toujours mes appréhensions sépulcrales, et
avec elles s'évanouit le mal cataleptique dont
peut-être elles avaient moins été la conséquence
que la cause.

Il y a des moments où, même à l'œil froid de
la raison, le monde de notre triste humanité peut
revêtir l'apparence d'un enfer. Mais l'imagination
de l'homme n'est pas Carathis pour explorer im-

punément toutes ces cavernes. Hélas ! la terrible
légion des terreurs tumulaires ne peut pas être
considérée comme absolument fantastique; mais,
pareilles à ces démons en compagnie desquels
Afrasiab descendit le fleuve Oxus, il faut qu'elles
dorment, ou elles nous dévoreront ; il faut les
laisser dormir, ou nous périssons.

L'INITIATION DE LA SIGNORA

PSYCHÉ ZÉNOBIA

L'INITIATION DE LA SIGNORA

PSYCHÉ ZÉNOBIA

Je présume que tout le monde a entendu parler de moi. Je m'appelle la signora Psyché Zénobia. Cela est un fait. Personne, à l'exception de mes ennemis, ne m'appelle Suky Snobbs. On m'a assuré que Suky est seulement une corruption vulgaire de Psyché, qui est bon grec et signifie « l'âme » (c'est bien moi, je suis *toute* âme), et signifie aussi « un papillon ». Cette dernière signification, indubitablement, fait allusion au bel air que j'ai dans ma nouvelle robe de satin cramoisi,

avec mon mantelet arabe, bleu de ciel, et les fran-
ges d'*agraffas* vertes, et les sept volants d'*auriculas*
couleur orange. Pour ce qui est de Snobbs, toute
personne qui mère garderait s'apercevrait instant
tanément que mon nom n'est pas Snobbs. Miss
Tubitha Navet a propagé ce bruit par une louche
envie. Voilà bien Tubitha Navet ! Oh ! la petite
misérable ! mais que peut-on attendre d'un navet ?
Ce serait miracle qu'elle se rappelât le vieux pro-
verbe : » Sang qui sort d'un navet... etc., etc... »
(*Note.* Rappelez-le lui à la première occasion.)
(2ᵉ *note.* Pincez-lui le nez !) Où en étais-je ? —
Ah ! — On m'a assuré que Snobbs est une simple corruption de Zénobia, que Zénobia fut une
reine (et j'en suis une aussi ! le docteur Money-
Penny m'appelle toujours la reines des cœurs), et
que Zénobia, aussi bien que Psyché, est bon grec,
et que mon père était un « Grec » et que, conséquemment, j'ai droit à notre nom patronymique
qui est Zénobia, et en aucune façon Snobbs. Per-

sonne, si ce n'est Tubitha Navet, ne m'appelle Suky Snobbs. Je suis la signora Psyché Zénobia.

Comme je l'ai dit précédemment, tout le monde a entendu parler de moi. Je suis cette même signora Psyché Zénobia si justement célèbre comme secrétaire-correspondant du « Journal Omniscient, Littéraire, Idéologue Et Fashionable, Organisateur Urbain, Rural, Nécrologique, Égalitaire Et Démoniaque, Embrassant Beau-Arts, Sciences Biologiques, Liturgiques Et Universellement Sociologiques. » Le docteur Money-Penny a composé ce titre pour nous, et dit qu'il l'a choisi parce qu'il retentit creux comme une futaille vide. (Le docteur est un homme vulgaire quelquefois, mais il est profond.) Tous nous mettons après nos noms les initiales de notre Société, selon l'usage de la S. R. A. (Société Royale des Arts), de la S. C. A. N. A. R. (Société Consacrée A la Naturalisation des Arts Rationnels), etc... Le docteur Money-Penny dit que S est mis là pour stupide, et que C. A. N. A·

R. doit s'épeler : canard (mais cela n'est pas vrai !) et que S. C. A. N. A. R. signifie : stupide canard et non la Société de lord Brougham. A vrai dire, le docteur Money-Penny est un homme si étrange que je ne sais jamais quand il parle sérieusement ! En tous cas, nous ajoutons toujours à nos noms les initiales : **J. O. L. I. E. F. O. U. R. N. É. E. D. E. B. A. S. B. L. E. U. S.** Ce qui veut dire : **Journal Omniscient, Littéraire, Idéogue Et Fashionable, Organisateur, Urbain, Rural, Nécrologique, Égalitaire et Démoniaque, Embrassant Beaux-Arts, Siences Biologiques, Liturgiques Et Universellement Sociologiques.** Une lettre pour chaque mot. Il y a donc un progrès décisif sur lord Brougham. Le docteur Money-Penny prétend que ces initiales expriment notre véritable caractère ; mais, sur ma vie ! je ne sais pas ce qu'il entend par là.

Malgré les bons officices du docteur et les efforts de l'Association pour se faire connaître, elle ne rencontra pas grand succès avant que je me joignisse à elle. Pour dire la vérité, ses membres se laissaient aller à un ton de discussion trop frivole. La feuille qu'on lisait chaque samedi soir était caractérisée par la profondeur moins que par la bouffonnerie. Ce n'était que syllabes fouettées. Il n'y avait pas d'investigations des causes premières, des principes premiers. Il n'y avait même pas d'investigations du tout. Aucune attention n'était accordée à ce point : l'Application des choses. » Bref on ne trouvait pas dans le journal un style délicat, comme celui-ci. Tout était bas, absolument. Ni profondeur, ni érudition, ni métaphysique, rien de cette chose que les lettrés appellent : spiritualité, et que les illettrés stigmatisent de nom de « cant » (1). Le docteur Money-Penny prétend que je devrais orthographier « Cant » avec un grand K, mais je sais mieux les choses.

1. Baragouin.

Quand je me joignis à la société, j'essayai d'y introduire une meilleure méthode de penser et d'écrire, et tout le monde sait à quel point j'ai réussi. Nous avons d'aussi bons articles dans notre J. O. L. I. E. F. O. U. R. N. É. E. D. E. B. A. S. B. L. E. U. S. qu'on en saurait rencontrer dans le Blackwsod-Magazine. Je dis Blackwood-Magazine, parce que les meilleurs écrits, sur tout sujet, se trouvent dans les pages de cette revue justement célèbre. Nous la prenons maintenant pour modèle en tout point et, conséquemment, nous parvenons à une notoriété rapide. Et, après tout, ce n'est pas une chose si difficile de composer un article ayant le véritable cachet Blackwood, si l'on s'y prend comme il faut. Naturellement je ne parle pas des articles politiques. Comment ils se font, tout le monde le sait, depuis que le docteur Money-Penny l'a appliqué. Myster Blackwood a une paire de ciseaux de tailleur et trois apprentis qui se tiennent debout à ses ordres. L'un lui fait

passer « le *Times* », l'autre « l'*Examiner* », le
troisième « le *Nouveau Compendium des termes
d'argot*», par Gulley ; Myster Blackwood, simplement, coupe et distribue. C'est bientôt fait ! *Examiner, Times, Compendium d'argot ;* puis *Times,
Compendium d'argot, Examiner ;* — puis *Times,
Examiner, Compendium d'argot.*

Mais le principal mérite d'un *magazine* gît dans
ses articles miscellanés, et les meilleurs de
ceux-ci se présentent sous la rubrique de cette
sorte d'écrits que le docteur Money-Penny appelle
les *bizarreries* (1). Qu'est-ce que cela peut bien
vouloir dire ?) et que toute autre que lui appelle
les INTENSITÉS. Ceci est un genre de littérature
que j'apprécie depuis longtemps quoique ce soit
seulement depuis une récente visite chez Myster
Blackwood (où me députait la Société) que j'ai
eu connaissance de l'exacte méthode de compo-

(1) En français dans le texte.

sition. Cette méthode est très simple, — pas aussi simple pourtant que celle de la politique. Lorsque je me présentai à Myster Blackwood et lui fis connaître les désirs de la Société, il me reçut avec une grande civilité, me conduisit dans son cabinet et me fournit une explication nette de tout le procédé.

« Ma chère madame, dit-il, évidemment frappé de mon apparence majestueuse, car je portais le satin cramoisi avec les *agraffas* vertes et les *auriculas* couleur orange ; ma chère madame, dit-il, voilà la chose : En premier lieu, votre écrivain d'*intensités* doit avoir une encre très noire et une plume très grosse, à la pointe très émoussée. Et remarquez bien, miss Psyché Zénobia, continua-t-il après une pause, en déployant une énergie et une solennité de gestes des plus saisissantes, remarquez bien, — *cette plume* — *ne doit* — *jamais* — *être taillée!* Là gît le secret, l'âme de l'intensité. Je prends sur moi d'affirmer qu'un individu, pour si grand que fût son génie, n'a jamais écrit avec une bonne plume — comprenez-moi bien — un bon article. Soyez persuadée que lorsqu'un manuscrit peut être lu, il ne vaut pas d'être lu. C'est là un principe fondamental de notre foi, et si vous ne pouvez pas vous y soumettre à l'instant même, notre conférence est achevée. »

Il fit une pause. Mais, naturellement, comme je n'avais pas le désir de mettre fin à la conférence, je consentis à un axiome d'une évidence si éclatante, et de la vérité duquel j'avais depuis longtemps connaissance. Il parut satisfait et donna suite à ses instructions.

« Il paraîtra peut-être outrecuidant de ma part, miss Psyché Zénobia, de vous renvoyer à des articles ou à des séries d'articles propres à servir d'exemple et d'étude. Cependant je puis, sans doute, appeler votre attention sur quelques cas. Voyons! il y a eu le MORT VIVANT, chose

capitale! — C'était le compte rendu des sensations d'un gentleman qui avait été enterré avant
que le souffle fût hors de son corps, — une chose
pleine de goût, de terreur, de sentiment, de métaphysique et d'érudition! Vous auriez juré que
l'auteur était né et avait été élevé dans une bière.
Puis nous avons eu les CONFESSIONS D'UN MANGEUR
D'OPIUM. Beau, très beau! — Glorieuse imagination! — Profonde philosophie! — Spéculation
acérée! — Plénitude de feu et de furie, avec un
bon assaisonnement de quelque chose de réso-
lument inintelligible. C'était un joli morceau de
bouillie, et le public avalait cela délicieusement.
On a prétendu que Coleridge était l'auteur de ce
chef-d'œuvre, mais il n'en est rien. Il a été composé par mon babouin favori, Genièvre, après
un grog de genièvre hollandais, chaud et sans
sucre. (Ceci, j'aurais eu de la peine à le croire,
si tout autre que Myster Blackwood me l'avait
affirmé.) Ensuite parut l'EXPÉRIMENTATEUR INVO-

LONTAIRE. Tout roulait sur un gentleman qui
avait été cuit dans un four et en était sorti vivant
et en bon état, quoique certainement rôti jusqu'à
un certain point. Il y eut encore le JOURNAL D'UN
MÉDECIN DÉFUNT, où le mérite gisait dans un
galimatias excellent et dans un grec passable,
tous les deux bien intéressants pour le public. Et
puis, il y eut l'HOMME DANS LA CLOCHE, un travail, soit dit en passant, miss Zénobia, que je ne
saurais suffisamment recommander à votre attention. C'est l'histoire d'un jeune individu qui va
dormir sous une cloche d'église et se trouve
réveillé par l'ébranlement de l'airain sonnant des
funérailles. Le son le rend fou et, conséquemment, tirant ses tablettes, il fait un exposé de ses
sensations. Si jamais vous vous noyez ou vous
pendez, n'hésitez pas, prenez note de vos sensations; elles vous vaudront dix guinées la feuille. Si
vous désirez écrire énergiquement, miss Zénobia
accordez une attention minutieuse aux sensations!

— Je le ferai certainement, Myster Blackwood.

— Bien ! reprit-il. Je vois que vous êtes une élève selon mon cœur; je vais donc vous mettre au fait des détails nécessaires à la composition de ce qui peut être appelé un authentique article Blackwood, du cachet sensateur. — Vous comprendrez que j'entends par là l'espèce que je considère comme la meilleure de toutes, dans tous les cas.

La première chose requise est de vous mettre dans un embarras tel que personne n'y ait jamais été avant vous. Le four, par exemple, était une bonne idée. Mais si vous n'avez pas sous la main un four ou une grosse cloche, et que vous ne puissiez pas raisonnablement être précipitée d'un ballon, ou engloutie par un tremblement de terre, ou fourrée dans une cheminée, il faudra bien vous contenter d'imaginer quelque mésaventure analogue. Je préférerais cependant que vous eussiez le *fait* pour vous *monter*. Rien n'excite mieux la fantaisie qu'une·connaissance expérimentale de la chose présente. La vérité est étrange, vous le savez, plus étrange que la fiction, et, en outre, mieux circonstanciée. »

Ici je lui donnai l'assurance que j'avais une excellente paire de jarretières, et que j'irais me pendre incontinent.

« Bien ! répliqua-t-il, agissez ainsi, — quoique se pendre soit un peu banal. Peut-être pourrez-vous mieux faire. Prenez une dose de pilules de Brandeth, et puis faites-nous part de vos sensations. Toutefois mes instructions s'appliquent également bien à une variété quelconque d'accidents, et, en retournant chez vous, vous pouvez facilement être frappée à la tête, écrasée par un omnibus, mordue par un chien enragé ou noyée dans une gouttière. Mais venons au fait.

Ayant déterminé votre sujet, il convient de prendre en considération le ton, la manière de votre récit. Il y a le ton didactique, le ton enthousiaste, le ton naturel, tous devenus lieux communs. Mais on a le ton laconique qui, récemment, a été d'un grand usage. Il consiste en courtes sentences, à peu près comme ceci :

« Ne peut être trop bref. Ne peut être trop piquant. Toujours droit au but. Et jamais un paragraphe. »

Puis il y a le ton élevé, diffus, interjectionnel. Plusieurs de nos grands romanciers préconisent ce genre. Tous les mots doivent être dans un tournoiement pareil à celui d'une toupie, et offrir, en place de signification, un bruit semblable à celui de la toupie, ce qui répond parfaitement au but. C'est le meilleur de tous les tons possibles, quand l'écrivain est trop pressé pour penser.

Le ton métaphysique a du bon. Vous avez de la chance pour y réussir, si vous connaissez quelques grands mots. Parlez des écoles ionique et éléatique, — d'Achitas, de Gorgias et d'Alchmœdes, — dites quelque chose sur l'objectivité et la subjectivité. Abusez hardiment de l'individu appelé Locke. Fourrez votre nez dans les généralités, et si vous laissez échapper quelque chose de par trop absurde, ne prenez pas la peine de le gratter, mais simplement ajoutez une note au bas de la page, et dites que vous êtes redevable de la profonde observation ci-dessus à la « *Critique de la raison pure* (1), » ou aux « *Eléments métaphysiques des sciences naturelles* (2). » Cela aura l'air érudit et... et... franc.

Il y a encore différents tons d'une célébrité égale ; mais je n'en citerai plus que deux : le ton transcendantal et le ton hétérogène. Dans le premier, le mérite consiste à voir dans la nature des choses beaucoup plus loin que n'importe qui. Cette seconde vue produit énormément d'effet quand elle est ménagée proprement. Un peu de lecture du calendrier vous fera faire de grands

(1) et (2). En Allemand dans le texte.

progrès. Mâchez de gros mots, rendez-les aussi petits que possible, et écrivez-les sens dessus dessous ; parcourez les poésies de Channing, citez ce qu'il dit à propos d'un « petit homme gras qui avait un faux air de savant, » ajoutez quelques phrases sur l'unité supernale. Ne dites pas une syllabe de la dualité infernale ; par-dessus tout, étudiez-vous à vous exprimer comme par signes, indiquez tout, — n'affirmez rien. Si vous vous sentez inclinée à dire :. « pain et beurre, » ne le dites en aucun cas sans ambage. Vous pouvez mentionner quelque chose *approchant* de « pain et beurre » ; vous pouvez faire allusion à un gâteau de sarrasin ; vous pouvez même aller jusqu'à insinuer un potage de farine d'avoine ; mais si votre pensée est formellement « pain et beurre, » soyez cauteleuse, ma *chère* miss Psyché, et ne dites, sous aucun prétexte, « pain et beurre ! »

Je lui assurai que je ne le dirais plus jamais,

aussi longtemps que je vivrais ; il m'embrassa et continua :

« Pour ce qui est du ton hétérogène, c'est simplement un amalgame judicieux et en égales proportions de tous les autres tons du monde, et conséquemment, il est composé de tout ce qu'il y a de profond, de grand, de bizarre, de piquant, de *pertinent* et de joli.

Supposons maintenant que vous ayez déterminé vos incidents et votre style, la partie la plus importante, ce qui est, en réalité, l'âme de toute la besogne, reste encore à faire. — Je fais allusion au *remplissage*. Il est inimaginable qu'une lady ou un gentleman quelconque ait mené la vie d'un ver à livres (1), et pourtant il est nécessaire que votre article ait un air d'érudition, ou du moins, fournisse l'évidence d'une lecture générale très étendue. Je vais vous mettre dans la voie

_____

(1) Rat de bibliothèque.

d'obtenir ce résultat. Regardez ! (En même temps M. Blackwood jetait bas trois ou quatre volumes d'une apparence peu extraordinaire et les ouvrait au hasard.) Rien qu'en jetant votre œil sur presque chaque page de n'importe quel livre du monde, vous serez capable d'apercevoir aussitôt une fourmilière de petites BRIBES, soit d'érudition soit de *bel-espritisme*, qui sont la vraie chose pour l'épicement d'un article Blackwood. Vous ne ferez pas mal de prendre note un peu pendant que je vais lire. Je ferai deux divisions. En premier lieu : *Faits piquants pour la fabrication des comparaisons ;* en second lieu : *Piquantes expressions à introduire, selon que l'occasion les réclame.*

Ecrivez maintenant. »

Et j'écrivis pendant qu'il dictait :

« FAITS PIQUANTS POUR COMPARAISONS. — *Originairement, il n'y avait que trois muses : Meleté Mnemè, Aœdè.* — Méditation, mémoire et chant. — Vous pourrez tirer un grand effet de ce petit fait, si vous le travaillez proprement. Vous voyez, il n'est pas généralement connu et il a l'air *recherché*; mais il faut être soigneux et donner la chose avec un air assuré d'improvisation.

Continuons. *Le fleuve Alphée passait au-dessous de la mer et en émergeait sans dommage à la pureté de ses eaux.* C'est un peu usé, certainement, mais convenablement habillé et servi, cela aura l'air tout aussi frais que jamais,

Voici quelque chose de mieux. *L'iris persan paraît à quelques personnes, posséder un parfum doux et très puissant ; tandis que, à d'autres, il semble parfaitement sans odeur.* Ceci est beau et très délicat. Arrangez un peu la chose et elle fera merveille. Nous trouverons encore autre chose dans la botanique, spécialement avec l'aide d'un peu de latin. Ecrivez. L'EPIDENDRUM FLOS ACRIS, *de Java, porte une très belle fleur, et vit même déracinée. Les indigènes la suspendent par une corde au plafond, et jouissent de sa bonne odeur pendant plusieurs années.* Observation capitale ! Mais en voilà assez pour les comparaisons ; passons aux EXPRESSIONS PIQUANTES. — *La vénérable nouvelle Ju-Kiaoli.* Bien ! En introduisant ce peu de mots avec dextérité, vous prouverez votre connaissance intime de la langue et de la littérature des Chinois. A l'aide de ce titre, vous pouvez aller votre chemin sans l'arabe, le sanscrit ou le chickasaw. Il n'y a pas cependant de revue passable sans espagnol, italien, allemand, latin et grec. Il faut que je vous cherche un petit spécimen dans chaque langue. Une bribe quelconque fait l'affaire car il faut vous en rapporter à votre propre ingéniosité pour l'accommoder à votre article. Maintenant, écrivez.

Aussi tendre que Zaïre (1). Aussi tendre que Zaïre (français), se rapporte à la fréquente répétition de la phrase « la tendre Zaïre » dans la

_____

(1) En Français dans le texte.

tragédie française de ce nom. Proprement intro-
duite, cette phrase révèlera non seulement votre
connaissance de la langue française, mais votre
lecture et votre esprit universel. Vous pouvez
dire, par exemple, que le poulet que vous man-
giez (je suppose que vous écriviez un article sur
votre étranglement à mort par un os de poulet),
que le poulet n'était pas tout à fait aussi tendre
que Zaïre. Ecrivez :

> *Van muerte tan escondida,*
> *Que no te sienta venir,*
> *Porque el plazer del morir,*
> *No me torne a dar la vita.*

C'est espagnol, — de Miguel Cervantes. *Venez*
vite, ô mort! Mais soyez prompte, et ne me laissez
pas vous voir venir, de peur que le plaisir que
j'éprouve à votre apparition ne ne me fasse mal-
heureusement revenir à la vie! (1)

(1) Je traduis la traduction.

- Ceci, **vous** pouvez le glisser tout à fait *à propos*, quand vous luttez, dans les derniers moments de l'agonie, avec l'os de poulet. Ecrivez :

Il pover' uomo che non se' vera accorto,
Andava combattendo, e era morto.

C'est italien, vous vous en apercevez, — d'Arioste. Cela signifie qu'un grand héros, dans la chaleur du combat, ne s'apercevant pas qu'il avait été bel et bien tué, continuait de s'escrimer vaillamment, tout mort qu'il était. Le rapport de cette citation à votre cas est manifeste ; — car je me plais à espérer, miss Psyché, que vous ne n'égligerez pas de regimber pendant au moins une heure et demie, après que vous aurez été étranglée à mort par cet os de poulet. Qu'il vous plaise d'écrire !

Und sterb' ich doch, so sterbe ich dein.
Durch sie,... durch sie...

C'est de l'allemand, — du Schiller. Traduction :
Et si je meurs, au moins je meurs pour toi... pour
toi! Ici, il est clair que vous apostrophez la cause
de votre désastre, le poulet! En effet, quel gent-
lement (ou quelle lady) de sens ne *voudrait* pas
mourir, j'aimerais à le savoir, pour un chapon
bien engraissé, de la vraie race de Molucca,
bourré de câpres et de champignons, et servi
dans un saladier avec de la gelée d'orange en
mosaïque! Ecrivez. (Vous trouverez de ces cha-
pons chez Tortoni.) Ecrivez, s'il vous plaît.

Voici une jolie phrase latine, et rare encore.
(On ne saurait être trop recherché ni trop bref
dans son latin : il devient si commun!) *Ignoratio*
elenchi. Il a commis une *Ignoratio elenchi;* —
c'est-à-dire il a compris les mots et non l'idée de
votre proposition. Cet homme était un fou, comme
vous voyez; quelque *pauvre garçon* que vous avez
accosté, tandis que vous râliez, l'os de poulet dans
la gorge, et qui, à cause de vos râles, n'a pas

compris ce dont vous parliez. Jetez-lui l'*Ignoratio elenchi* entre les dents, et du coup vous l'annihilez. S'il réplique vous pouvez lui dire d'après Lucain (le voilà !) que ses discours sont de simples *anemona verborum*. L'anémone, avec un grand brillant, n'a pas d'odeur. Ou, s'il s'avise de se fâcher, courez-lui sus avec *insomnia jovis*, — une phrase que Silius Italicus (voyez ici !) applique à des pensées pompeuses et ampoulées. Ce moyen est sûr et lui percera le cœur. Il n'a plus rien à faire qu'à rouler et mourir. Voulez-vous être assez bonne pour écrire ?

En grec, il nous faut avoir quelque chose de joli, du Démosthène, par exemple :

ἀνὴρ ὁ φεύγων καὶ πάλιν μαχέσται

Il y a une traduction supportable dans *Hudibras :*

Car celui qui s'enfuit peut encore combattre,
Ce que celui-là ne peut jamais, qui est tué.

Dans un article Blackwood, rien n'a aussi bon air que le grec. Les lettres exhalent déjà un air de profondeur. Observez seulement le regard astucieux de cet *Epsilon*. Ce *Phi* doit, assurément, être un Wig. Y a-t-il jamais eu un plus joli garçon que cet *Omicron?* Bref, il n'y a rien d'égal au grec pour un véritable journal à sensation. Dans le cas présent, l'application est la plus aisée du monde. Lancez cette sentence avec un gigantesque juron et en manière d'ultimatum, au vaurien, à l'esprit bouché, au scélérat, qui ne pouvait comprendre votre clair anglais, à propos de l'os de poulet. Il recevra l'avertissement, et décampera, vous pouvez y compter. »

C'étaient toutes les instructions que M. Blackwood pouvait me fournir sur le sujet en question ; mais je sentais qu'elles seraient entièrement suffisantes. J'étais enfin capable d'écrire un vrai article Blackwood ! et je me résolus à le faire aussitôt. En prenant congé de moi, myster Blackwood me fit des propositions pour l'achat de l'article, quand il serait écrit. Mais comme il ne pouvait m'offrir que cinquante guinées par feuille, je jugeai plus à propos de le réserver à notre Société, que de le sacrifier pour une somme aussi chétive. Nonobstant cet esprit de ladrerie, le gentleman montra sa considération pour moi sous tous les autres rapports, et me traita avec la plus grande civilité. Ses paroles d'adieu firent une profonde impression sur mon cœur, et j'espère que je me les rappellerai toujours avec gratitude.

« Ma chère miss Zénobia, dit-il les larmes aux yeux, y a-t-il quelque chose que je puisse faire pour favoriser le succès de votre louable entreprise? Laissez-moi réfléchir. Il est bien possible que vous ne soyez pas capable, aussi vite qu'il le faudrait, de vous noyer, ou — d'être étranglée par un os de poulet, ou — pendue, — ou — mordue par un... — mais, arrêtez! Maintenant, j'y pense, il y a une meute de très excellents bouledogues dans la cour — de beaux garçons, je vous assure ! — sauvages, et tout ce que... Enfin vous en aurez pour votre argent. — Ils vous auront mangée, *auriculas* et tout, en moins de cinq minutes (voilà ma montre !) et puis pensez seulement aux sensations ! — Ici ! dis-je, Tom ! — Peter ! — Dick ! Oh ! le vilain ! — lâchez ces... »

Mais comme j'étais réellement très pressée, et que je n'avais plus un moment à perdre, je fus contre mon gré forcée de précipiter mon départ, et plus brusquement, je l'admets, que la simple politesse ne me l'aurait permis en d'autres cas.

Mon premier soin, après avoir quitté myster Blackwood, fut de me mettre dans quelque difficulté immédiate, selon son avis. Dans ce but, je passai la plus grande partie de la journée à errer dans Édimbourg, cherchant des aventures désespérées, — des aventures adéquates à l'intensité de mes sentiments, et adaptées au vaste caractère de l'article que j'avais l'intention d'écrire. Dans cette excursion, j'étais accompagnée par un domestique nègre, Pompée, et par mon petit chien de manchon, Diana, que j'ai amenée avec moi de Philadelphie. Ce ne fut cependant qu'assez tard dans l'après-midi, que je réussis pleinement dans ma difficile entreprise. Un événement important m'arriva alors, duquel le prochain article Blackwood contiendra la substance et le résultat, dans le ton hétérogène.

L'ENFANT TROUVÉ

Cette nouvelle, traduite ici et publiée en France pour la première fois, est l'œuvre très admirée, à l'étranger, du célèbre Henri de Kleist, dont la mort offre tant d'analogies avec une récente aventure tragique qui passionne encore l'opinion.

HENRI DE KLEIST

Je veux vous parler d'un homme extraordinaire, égal aux plus grands, inférieur aux plus
chétifs, capable des plus sublimes élévations et
roulant dans les chutes les plus profondes, d'un
homme qui a usé ses jours à vouloir accorder
entre eux les deux adversaires que, selon le Pro-
phète, tout mortel porte en soi, et qui n'a réussi
enfin à interrompre leur duel farouche qu'en se
précipitant dans le suicide, un suicide compliqué
d'assassinat.

D'assassinat? Oui, vous avez bien lu. Henri de
Kleist, inconnu en France, mais illustre en Alle-

magne par ses drames extravagants et superbes,
par ses étranges romans, s'est brûlé la cervelle
après avoir tué sa maîtresse.

Elle était mariée. Elle s'appelait Henriette Vogel.
Ils arrivèrent vers le soir, — c'était au mois de
novembre, en 1811, — au bord de Wansee, à un
mille de Potsdam. Ils étaient de fort bonne
humeur, faisaient, en chemin, mille plaisanteries,
et s'en allèrent se promener le long du lac. Les
gens qui les voyaient passer se disaient en souriant : « Voilà des amoureux ! » Des amoureux,
en effet. On entendit deux coups de pistolet.
Quand les personnes du pays accoururent, attirées
par le bruit, elles virent Henriette Vogel renversée, le manteau écarté, les mains en croix sur la
poitrine ; une balle lui avait traversé le cœur et
l'omoplate gauche. Kleist, déjà cadavre, était
encore agenouillé devant elle : il s'était, par sa
bouche grande ouverte, logé une balle dans le
cerveau. Leurs physionomies, d'ailleurs, n'étaient

nullement altérées; ils avaient l'air tout à fait contents et souriaient de n'être plus.

Plus tard, quand on eut défoncé la porte de la chambre où Henri de Kleist avait dormi, on y trouva un paquet cacheté, et, dans ce paquet, la lettre suivante adressée à madame Adam Muller :

« Le ciel sait, ma chère, ma parfaite amie, avec quel étrange sentiment, à moitié douloureux, à moitié joyeux, nous vous écrivons à cette heure où nos âmes, comme deux aéronautes ravis, s'élèvent au-dessus du monde. Nous étions bien résolus, vous le savez, à ne pas envoyer à nos amis et connaissances des cartes avec cette mention : P. P. C... Ah ! le monde est une singulière institution ! Voilà pourquoi nous deux, Henriette et moi, pauvres êtres mélancoliques, qui nous plaignions sans cesse de notre mutuelle froideur, nous nous sommes mis à nous aimer de tout notre cœur, et la meilleure preuve de ceci, c'est que nous allons mourir ensemble.

» Adieu, notre chère, chère amie, et soyez heureuse sur la terre, autant qu'il est possible de l'être ! Nous, nous ne voulons plus rien savoir des joies de ce monde, et nous pensons à de belles prairies célestes et à des soleils, dans le reflet desquels nous planons avec de longues ailes aux épaules. Adieu ! Un baiser de moi, qui écris, à Muller. Il faut qu'il pense souvent à moi et demeure un solide champion de Dieu contre le Diable appelé Faux-Esprit, qui tient le monde dans ses chaînes. »

Ici se place un post-scriptum écrit de la main d'Henriette :

Comme la chose s'est passée ;
Une autre fois, je vous le dirai,
Aujourd'hui, je suis trop pressée.

« Adieu donc, vous, mes chers amis ! et sou-venez-vous, dans la joie et dans la douleur, de

ces êtres bizarres qui vont bientôt commencer
leur grand voyage de découverte.

« HENRIETTE. »

Puis, de la main de Kleist :

« Donné dans la chambre verte, le 21 novembre 1811. »

On les enterra dans le même caveau.

Que voulait-dire ceci? Pourquoi, jeunes tous
deux et s'aimant, avaient-ils voulu mourir,
étaient-ils morts en effet? Une chose fait frisson-
ner : c'est le froid courage de Henri de Kleist
armant son pistolet en face de son amie, qui
attend la mort en souriant. Pauvres? ils ne
l'étaient pas. Malheureux? ils n'avaient aucun
sujet de l'être. M. Vogel, ce mari qui consentit à
les laisser dormir l'un à côté de l'autre dans le
lieu funèbre qui éternise d'adultère, M. Vogel ne
devait pas être un jaloux bien incommode.
Qu'est-ce donc qui les poussait? Pour se rendre

compte d'une façon suffisante des causes qui amenèrent ce dénouement fatal, il convient d'étudier la vie de l'œuvre de Henri de Kleist, œuvre admirable et insensée, vie éparse et amère, étonnante également, et il convient peut-être de les étudier comme l'une a été écrite, comme l'autre a été vécue, c'est-à-dire sans parti pris, sans méthode précise, au hasard.

Malheur aux demi-dieux ! Ils sont trop loin de nous pour que nous les aimions comme des frères, trop près pour que nous les adorions comme des maîtres. Il y a en eux trop peu de divinité. Si on veut leur sourire, ils vous épouvantent par ce qu'ils ont dans les yeux de ciel et de tonnerre, si on veut leur rendre un culte, ils en paraissent indignes par leur humanité visible. Orphée a été déchiré par les Ménades ; que pouvait-elle faire de cet être incomplet, qui inspirait assez de respect pour qu'on n'osât pas le mêler aux fêtes de l'ivresse, pas assez pour qu'on les interrompît à sa vue ? Hercule a dû allumer lui-même son bûcher pour détruire ce qu'il y avait en lui de terrestre, et mourir pour se compléter.

Comme il y a des demi-dieux dans les légendes religieuses, il y a, dans la vie littéraire, des demi-génies. Certes ce ne sont pas des esprits qu'on doive dédaigner. Ils sont noblement incapables des besognes inférieures. Tout le petit côté de l'art leur est une région interdite. Je vous défie de leur faire concevoir une nouvelle à la main, écrire un vaudeville, ou rimer un madrigal. Ils sont vraiment hautains, presque sublimes. Presque, seulement. Ils ressemblent à Shakspeare, à Molière, à Gœthe, à Victor Hugo, mais la ressemblance n'est qu'apparente. Il leur manque bien des choses, — des choses qui ne sauraient être acquises, — pour être véritablement ce qu'on croit par instants qu'ils sont. La sérénité de la conscience, l'équilibre dans les facultés intellectuelles, la continuité de l'inspiration leur font malheureusement défaut. Ils peuvent très souvent vous sembler admirables, — parfois même ils le sont ; — regardez de plus près : ils sont grotesques. S'ils n'avaient que du talent, ils sauraient ne pas se rendre ridicules, mais ils ont du génie, rien que du génie, et pas assez ! Leur chute maladroite s'augmente de l'élévation entreprise. Et quelle angoisse dans ces âmes ! Sentir qu'on est Dieu, et ne pouvoir pas même être homme ! recéler une parcelle de cette flamme dont brillent les grands phares qui éclairent l'humanité, et n'être pas capable d'être un lampion ! ils en arrivent, désespérant de se maintenir dans les hauteurs, à vouloir descendre. Puisqu'ils ne peuvent pas être admirés, ils se contenteraient d'être tolérés. « Je ne planerai pas, soit ! Eh ! bien je ramperai. » Pas du tout. Il faut qu'ils demeurent sans relâche entre le ciel et la terre, sans s'élancer dans l'un ni prendre pied dans l'autre. Ni Shakspeare, ni compilateur aux gages d'un libraire. Et ils passeront — c'est leur loi, — entre la miséricorde des véritables grands hommes dont ils sont trop éloignés, et l'indifférence de la foule dont ils ne sont pas assez rapprochés.

Jugé durement, Henri de Kleist peut être considéré comme un demi-génie. Si nous voulions être trop sévère, nous dirions qu'il n'était bon à rien, parce qu'il n'était qu'insuffisamment capable des grandes œuvres qu'il était cependant destiné à produire. De là, un esprit qui s'emporte dans mille rêves, qui ébauche cent conceptions élevées, grandioses, puissantes et qui, presque toujours, avorte. Imaginez le désespoir de la montagne après qu'elle a accouché de la souris ! De là aussi une existence en proie à des passions dévorantes, une âme qui aspire à tout et ne peut rien obtenir parce qu'elle désire trop, un cœur enfin qui n'aime pas, parce qu'il voudrait adorer ! Henri de Kleist eut une fiancée, qu'il rendit malheureuse.

Pourquoi ? Il était bon. Mais pouvait-elle être son épouse, cette jeune fille douce et paisible? Lu qui avait appris des poètes et puisé en lui-même l'amour des amours extatiques et des passions suprêmes, qu'aurait-il fait de Vilhelmine, capable tout au plus d'étendre des confitures sur un reste de tartine tombé des mains ménagères de Charlotte ? Quelquefois, descendu des hauteurs, il aurait souhaité qu'il lui fût possible, à lui aussi, de **connaître la tranquillité du foyer**, joyeusement troublée par des jeux de petits enfants. Mais il se replongeait bientôt dans les rêves hyperphysiques de la philosophie allemande. Il voyageait et il écrivait durement à sa pauvre fiancée.

En France, — c'était du temps des guerres, en 1809, — il faillit être arrêté comme espion sur une grande route. Que faisait-il sur le chemin ? Il ne le savait pas lui-même. Il ambitionnait d'être un grand poète : il se fit menuisier, oui, menuisier, et cela s'explique. Désespérant d'être un

créateur, il lui plaisait d'être un manœuvre. Puis,
il avait lu Jean-Jacques Rousseau et il commen-
çait son éducation d'après les principes de
l'Emile.

Au milieu de cette existence tourmentée, il
écrivait cependant. *La Famille Schroffenstein* fut
son premier ouvrage. C'est un drame monstrueux,
et fort agréable aussi. On y voit des sorcières qui
font cuire des enfants dans des marmites ; et un
petit doigt, qui surnage sur l'horrible pot-au-feu,
précipite le dénouement. Mais comme ils sont
naïfs et doux à entendre les amoureux qui traver-
sent cette obscure tragédie, pareils à deux rayons
de lune dans les sapins de la forêt Noire ! *La
cruche cassée,* — une comédie divertissante,
preste et joyeusement satirique, — indique une
heure de repos parmi le vagabondage de cet esprit.

Gœthe, qui fit représenter cette comédie, l'avait
divisée, sans consulter le poète, en cinq actes.

Grande fureur de Kleist ! Il envoie des témoins à
Gœthe. Je ne sais si vous êtes comme moi, mais
il me semble qu'il n'y a rien de plus stupéfiant
que cette idée : envoyer des témoins à Gœthe !
L'auteur de *Faust*, d'ailleurs, n'aimait pas l'auteur de la *Famille Schroffenstein*. Etant alors
dans toute la maturité de son intelligence métho-
dique et pure, il considérait avec dédain ce
jeune homme désordonné et fantasque.

Comme pour donner raison à la répugnance de
Gœthe, Henri de Kleist composa *Penthésilée*,
tragédie où les passions les plus exagérées inter-
rompent tout à coup des scènes de tendresse véritablement idéales, et l'*Amphytrion*, traduit de
Molière, assurait Henri de Kleist, mais ressem-
blant à l'*Amphytrion* français comme le p us
abstrait des hymnes boudhiques ressemble à
une chanson de Béranger. D'ailleurs, de très
beaux morceaux çà et là, un style compliqué,
maniéré, mais intéressant partout, et, quelque

fois, des symboles d'une magnifique élévation.

Je n'ai pas encore parlé de l'œuvre capitale de Henri de Kleist. C'est un roman, sous forme de chronique ancienne : *Michael Kolhaas*. Qu'est-ce que Michael Kolhaas ? Un maquignon, le plus honnête homme de la terre allemande. Un jour, comme il revenait d'une foire, on a voulu lui faire payer un droit de passage sur les terres du seigneur. Or, ce droit, il l'avait déjà acquitté. Michael se révolte. Il porte en lui un inébranlable sentiment d'équité. Advienne que pourra ; il ne paiera pas ce qui n'est pas dû. Ce droit, en somme, ce n'est pas grand'chose, mais la justice avant tout. Il sera rebelle, chef de brigands, meurtrier même ! Mais tous ses crimes auront pour cause cette conviction honnête qu'il faut rendre à César ce qui est à César, pas un liard de plus. De sorte que, chargé de fautes et d'exécrations, il osera se présenter devant Luther et lui dire : « Juge-moi ! » et que Luther, épouvanté du résultat, mais forcé de reconnaître l'équité du principe, n'osera pas condamner formellement ce criminel par vertu. N'y a-t-il pas là-dedans une conception hautaine et vraiment digne d'un grand esprit ? La mise en œuvre vaut l'idée primitive, et cette étude violente, hardie, mais logique, écrite dans une langue archaïque, mais nette et solide, est de celles qu'on ne cessera pas de lire.

Il faut mentionner aussi le drame chevaleresque intitulé : *Catherine d'Heilbron*. Certes, dans cette composition bizarre, comme dans *Penthésilée*, ou dans le *Prince de Hombourg*, ou dans la *Bataille d'Hermann*, se trouvent d'inexplicables caractères et des scènes incohérentes, mais elle touche néanmoins et s'impose heureusement au souvenir, grâce à l'exquise jeune fille qui en est l'héroïne. Je le dis sans crainte : je ne crois pas que la Marguerite de Gœthe soit plus adorablement ingénue que la Catherine de Kleist. Extatique,

apercevant les choses à travers des paupières fer-
mées par le somnambulisme, elle va et vient dans
toute l'œuvre, comme une vision blanche. C'est
un bon ange et c'est un enfant. Sa bizarrerie ne
nuit pas à sa grâce, et j'ai emporté, d'une repré-
sentation de *Catherine d'Heilbron* dans un théâtre allemand, une impression chaste et déli-
cieuse qui ne s'effacera jamais de mon cœur ni
de mon esprit.

Que serait-il advenu, cependant? Henri
de Kleist, instruit par les amertumes de la vie,
aurait-il consenti enfin à se contenter d'un bonheur médiocre et paisible, qui l'eût sauvé? Son
génie, rasséréné et équilibré par le travail, serait-
parvenu à produire des œuvres complètes et
dignes d'une admiration sans mélange? C'est ce
que nul ne peut dire. Il rencontra Henriette
Vogel à Berlin. Elle était, comme lui, enthousiaste et mélancolique. Ils s'aimèrent ou crurent
s'aimer. On sait le reste. Il ne demeure du mal-

heureux Henri de Kleist que trois volumes publiés par les soins de Ludwig Tieck, et une tombe coupable sur laquelle des admirateurs pieux — car Henri de Kleist a beaucoup d'admirateurs en Allemagne — viennent prier pour l'âme de ce fou qui avait du génie.

L'ENFANT TROUVÉ

Le négoce d'Antonio Piachi, riche marchand de biens à Rome, l'obligeait à faire d'assez longs voyages. Il avait coutume de laisser Elvire, sa jeune femme, sous la sauvegarde de parents qu'elle avait. Une de ces tournées le conduisit à Raguse, avec son fils Paolo, garçon de onze ans, qu'il avait eu d'une première épouse. Il se trouva qu'une maladie pestilentielle venait d'éclater dans le pays, ce qui mettait en grande épouvante la ville et les environs. La première nouvelle de cette malaventure n'étant venue aux oreilles de Piachi que pendant son voyage, il fit halte dans un faubourg de Raguse afin de s'enquérir de la nature du fléau. Lorsqu'il eut appris que le mal, de jour en jour, devenait plus grave et que l'on formait en conséquence le projet salutaire de clore les portes de la ville, sa sollicitude pour son fils l'emporta sur tous les intérêts commerciaux; il prit des chevaux et s'en retourna.

En pleine campagne, il remarqua près de sa voiture un enfant qui tendait les mains vers lui à la manière des suppliants et paraissait en un grand bouleversement d'esprit. Piachi s'arrêta, lui demandant ce qu'il voulait. L'enfant, dans sa candeur, lui dit qu'il avait pris la peste; les archers le poursuivaient afin de le porter à l'hôpital, où déjà son père et sa mère étaient morts; au nom de tous les saints, il conjurait les voyageurs de le prendre avec eux et de ne pas le laisser périr dans la ville. En même temps, il saisissait les mains du vieillard, les serrait, les baisait, pleurait dessus. Dans le premier mouvement d'effroi, Piachi voulut repousser l'enfant; mais, comme en ce moment même, celui-ci changea de couleur et tomba évanoui sur le sol, la pitié du bon vieux s'émut, il descendit avec son fils, plaça le malade dans la voiture et l'emmena, bien qu'il ne sût pas le moins du monde ce qu'il en pourrait faire.

A la halte prochaine, il s'entretenait avec les gens de l'auberge des moyens de laisser son fâcheux compagnon, lorsque, par ordre de la police, qui avait eu quelque vent de la chose, il fut arrêté, et sous bonne escorte, avec son fils et Nicolo (c'était le nom de l'enfant malade), transporté à Raguse. Toutes les représentations de Piachi touchant la barbarie de cette mesure ne servirent de rien. Arrivés dans la ville, ils furent tous les trois, sous la surveillance d'un archer, conduits à l'hôpital, où le jeune Nicolo, il est vrai, se releva de son mal, et où Piachi lui-même demeura sain ; mais son fils Paolo, l'enfant de onze ans, fut pris de la peste et mourut en trois jours.

Bientôt les portes furent rouvertes. Piachi, après avoir enseveli son fils, obtint de la police

l'autorisation de partir. Il venait de monter en
voiture, bourrelé de chagrins, et, à l'aspect de
cette place qui restait vide à son côté, il tirait son
mouchoir pour cacher ses larmes, lorsque Nicolo,
sa casquette à la main, s'approcha de la carriole
en souhaitant un bon voyage au courtier. Piachi
se pencha en dehors de la portière, et, d'une voix
brisée par de violents sanglots demanda au jeune
garçon s'il voulait s'en venir avec lui. L'enfant,
à peine eut-il compris, fit signe de la tête et répondit : « Oh ! oui, monsieur, bien volontiers ! »
Alors, comme les directeurs de l'hôpital, auprès
de qui le marchand s'informa si rien ne s'opposait
au départ de Nicolo, sourirent et affirmèrent
qu'il était l'enfant du bon Dieu et que personne
ne s'apercevrait de son absence, Piachi, très
ému, le prit dans sa voiture et l'emmena à
Rome à la place de son fils.

Hors ville, sur la grande route, le courtier exa-
mina pour la première fois avec soin son jeune

compagnon ; il était d'une beauté étrange, un peu
rude ; ses cheveux noirs lui pendaient du front
en mèches pointues et roides, obscurcissant un
visage morne et sournois qui ne variait jamais
d'expression. Le vieillard le questionna à plusieurs reprises ; il ne répondit que d'une façon
très brève. Silencieux et abîmé en soi-même, les
mains dans son pantalon, il était assis dans un
coin, jetant des regards furtifs et pleins de
pensées sur les paysages qui fuyaient à côté de
la voiture. De temps à autre, d'un geste lent,
sans bruit, il tirait de sa poche une poignée de
noix, et tandis que Piachi avait les yeux pleins
de larmes, il prenait entre ses dents les noix et
les cassait.

A Rome, Piachi, avec un bref récit de l'aventure, présenta Nicolo à Elvire, sa jeune et excellente femme. D'abord, elle ne put s'empêcher de
pleurer de tout son cœur à la pensée du pauvre
Paolo, son petit beau-fils, qu'elle avait tendre-

ment aimé ; mais bientôt, et brusquement, elle
pressa sur son sein le nouveau-venu qui se tenait
devant elle, sauvage et gauche. Elle lui donna
pour couchette le lit où avait dormi l'autre enfant ;
elle lui donna aussi les habits de Paolo. D'autre
part, Piachi l'envoya à l'école où il apprit à
écrire, à lire et à compter. Par une conséquence
aisément imaginable, cet enfant lui devenait
d'autant plus cher qu'il l'avait plus coûteusement
acquis. Dès quelques semaines plus tard, il l'a-
dopta pour son fils, avec l'agrément de la douce
Elvire, qui ne pouvait plus espérer d'enfant de
son vieil époux. Dans la suite, ayant congédié un
commis dont, pour plusieurs motifs, il était mé-
content, il le remplaça par Nicolo et eut la joie de
voir son fils adoptif expédier de la façon la plus
active et la plus avantageuse les affaires compliquées où on l'avait immiscé. Piachi, ennemi
juré de toute bigoterie, n'avait à lui reprocher
que ses accointances avec les moines du Cloître

des Carmes, lesquels, en vue de la fortune qui devait un jour lui échoir par la succession du courtier, l'affectionnaient considérablement. De son côté Elvire ne trouvait à le reprendre que d'une propension, prématurée à son avis, vers le sexe féminin. En effet, dès sa quinzième année, par suite de ses liaisons monacales, Nicolo était devenu la proie des séductions d'une certaine Xaviera Tartini, favorite d'un prélat, et bien que, sur l'injonction sévère du vieux Piachi, il eût feint de rompre ce lien, Elvire ne manqua point de raisons pour croire que sa continence, en cette passe difficile, n'avait été qu'assez médiocre. Cependant, à vingt ans, il voulut bien épouser Constance Parquet, une jeune et charmante Génoise, nièce d'Elvire, qui avait été élevée à Rome sous la surveillance de celle-ci. Le mal parut alors bouché dans sa source même. Le père et la mère étaient également satisfaits de leur fils adoptif. Dans le but de lui donner une marque de leur

contentement, ils constituèrent aux époux une
dot somptueuse et cédèrent en outre au jeune ménage une partie de leur vaste et belle habitation.
Enfin, quand Piachi eut atteint la soixantaine, il
accomplit en faveur de Nicolo le dernier et le
plus grand sacrifice qu'il pouvait faire, en lui
abondonnant, légalement, en entier, à l'exception
d'une faible somme qu'il se réserva), le capital
qui servait de fonds à son commerce de biens.
Cela fait, avec sa fidèle et résignée Elvire qui ne
formait guère de vœux en ce monde, il se retira
dans le repos.

Il y avait dans l'âme d'Elvire un secret penchant à la tristesse, qui lui était demeuré d'une
touchante aventure de son enfance.

Son père, Philippe Parquet, riche teinturier
de Gênes, habitait près de la mer selon les besoins
de son industrie. Sa maison s'adossait à une
digue bâtie en pierres de taille. Sur le toit on
avait établi de grandes poutres où pendaient les

étoffes teintes qui, ainsi, flottaient de plusieurs
aunes en dehors de la toiture, au-dessus de la
mer. Dans une nuit malheureuse, le feu prit à la
maison, et, bientôt, comme si elle avait été bâtie
de soufre et de poix, on l'entendit craqueter dans
toutes les chambres dont elle se composait.
Effrayée par les flammes qui s'élevaient de toutes
parts, Elvire, alors âgée de treize ans, se sauva
d'escaliers en escaliers, et se trouva enfin, sans
savoir comment, sur l'une des poutres du toit.
La pauvre petite, suspendue entre terre et ciel,
ne savait pas du tout de quelle manière elle
pourrait échapper. Derrière elle la toiture brûlante dont la flamme, surexcitée par le vent,
avait déjà attaqué la poutre, au-dessous d'elle la
vaste, la déserte, l'épouvantable mer. Déjà elle
allait se recommander à tous les saints et, de
deux périls choisissant le moindre, se précipiter
dans les flots, quand tout à coup un jeune Génois
de la classe des patriciens, apparut devant elle,

jeta son manteau par-dessus les solives, la saisit
et, s'accrochant avec autant de courage que
d'agilité à l'une des étoffes humides qui pendaient de la poutre, se laissa choir avec l'enfant
dans la mer. Des gondoles qui nageaient dans le
golfe les recueillirent et les transportèrent au
rivage parmi les acclamations du peuple. Mais il
se trouva que le jeune héros, dans son passage
à travers la maison, avait reçu sur la tête une
pierre tombée d'une frise; d'où une grave bles-
sure qui, bientôt, l'étendit à terre, évanoui. Il
fut transporté dans le palais du marquis, son
père. Son rétablissement traîna en longueur. On
fit venir des médecins de tous les côtés de l'Italie.
Ils le trépanèrent à diverses reprises et lui tirè-
rent du cerveau maint et maint osselet; mais,
par suite d'une inexplicable volonté du ciel, tout
l'art demeura inutile. Parfois seulement, le malade faisait quelques pas, appuyé au bras d'Elvire
que la marquise avait appelée pour le soigner.

Enfin, après trois années d'une maladie cruellement douloureuse, durant lesquelles la jeune fille ne s'était pas écartée d'auprès de lui, il lui serra la main une dernière fois, avec tendresse, et rendit l'âme.

Piachi, qui était en relations d'affaires avec la famille du malheureux jeune homme, avait appris à connaître Elvire tandis qu'elle le soignait. Il l'aima et l'épousa. Il évitait soigneusement de nommer le défunt devant elle ou de l'en faire se souvenir de quelque autre manière, car il savait que la moindre allusion au passé troublait profondément l'âme belle et sensible de sa femme. Tout ce qui, d'une façon même très éloignée, rappelait à Elvire le temps où son jeune sauveur avait souffert, puis était mort pour elle, la commotionnait jusqu'aux larmes, et, alors, il n'y avait pour elle ni consolation ni repos. En quelque lieu qu'elle se trouvât elle se retirait, et nul ne songeait à la suivre parce qu'on avait souvent éprouvé qu'il n'y avait d'autre ressource, en pareil cas, que de la laisser, paisible et solitaire, pleurer son désespoir. Personne, hors Piachi, ne savait la cause de ces singulières et profondes secousses, car jamais, tant qu'elle vécut, un seul mot touchant son aventure ne sortit de sa bouche. On s'était accoutumé à mettre ces troubles sur le compte d'une grande irritabilité du système nerveux, que lui avait laissée une fièvre ardente où elle était tombée peu de temps après son mariage; et cela coupait court à toutes les recherches qu'on aurait pu faire à cette occasion.

Une fois Nicolo, qui malgré la défense de son père n'avait jamais cessé toutes relations avec Xaviera Tartini, accompagna cette fille dans une fête de carnaval. Il fit la chose secrètement, à l'insu de sa femme, en prétextant une invitation chez un ami. Vêtu d'un costume de chevalier génois, qu'il avait choisi par hasard, il ne rentra qu'à une heure très avancée de la nuit, lorsque déjà tout dormait dans la maison. Le vieux Piachi, cette nuit même, avait été pris d'une indisposition soudaine ; Elvire, à défaut de servantes, avait dû se lever pour lui porter secours et s'en était allée chercher une bouteille de vinaigre dans la salle à manger. Elle venait d'ouvrir un buffet placé dans un angle et, debout sur le rebord d'un siège, elle furetait parmi les verres et les carafes, lorsque Nicolo ouvrit doucement la porte, et avec une bougie qu'il avait allumée dans le corridor, traversa la salle, coiffé d'un chapeau de plumes, un manteau court, l'épée au côté. Naïvement, sans voir Elvire, il s'était dirigé vers la porte qui donnait dans sa chambre à coucher et il s'apercevait avec consternation qu'elle était fermée, quand tout à coup, derrière lui, Elvire, frappée à son aspect comme d'un éclair invisible, avec les carafes et les verres qu'elle portait, tomba de l'escabeau sur le parquet de la salle.

Nicolo, pâle de terreur, se retourna et fut sur le point de s'élancer au secours de l'infortunée ; mais le tapage qu'elle avait fait devait nécessairement faire survenir le vieux Piachi ; l'inquiétude de recevoir une remontrance l'emporta sur toute autre considération ; avec un empressement effaré il arracha à Elvire un trousseau de clefs qu'elle portait à la ceinture, et quand il eut trouvé une clef qui allât à sa porte, il rejeta le trousseau dans la salle et disparut. Bientôt après, Piachi, ayant sauté à bas de son lit tout malade qu'il était, vint relever sa femme ; les serviteurs et les servantes, sonnés tous à la fois, apparurent avec de la lumière ; Nicolo se présenta à son tour, en robe de chambre, et demandant ce qui était arrivé. Or Elvire, dont la langue était roidie par l'épouvante, ne pouvait prononcer une parole ; lui seul, après elle, aurait pu répondre à cette question ; l'enchaînement des faits resta donc enveloppé d'un mystère éternel. La pauvre femme, qui frissonnait de tous ses membres, fut transportée dans son lit où, durant plusieurs jours, elle se vit la proie d'une fièvre violente. Cependant la force naturelle de sa santé triompha de cet accident, et, à cela près qu'elle demeura atteinte d'une singulière mélancolie, elle se remit presque entièrement.

Un an se passa. Constance, la femme de Nicolo, accoucha et mourut en couches avec l'enfant qu'elle avait mis au monde. Cet événement, regrettable en soi-même, car on perdait une personne vertueuse et bien élevée, le fut doublement : il rouvrit les petites et les grandes portes aux deux passions de Nicolo, je veux dire à sa bigoterie et à son penchant pour les femmes. Il passait de nouveau des journées entières dans les cellules des moines ; cela, sous le prétexte de chercher des consolations ; on savait cependant que, du vivant de sa femme, il ne lui avait été qu'assez médiocrement attaché et fidèle. Cons-

tance n'était pas encore en terre qu'Elvire,
entrant, le soir, pour des détails de l'enterrement
prochain, dans la chambre de Nicolo, trouva
près de lui une fille en jupes courtes, fardée,
qu'elle ne connaissait que trop bien pour la
camériste de Xaviera Tartini. A cet aspect,
l'honnête femme baissa les yeux, se détourna
sans mot dire et quitta la chambre. Ni Piachi ni
aucun autre ne furent instruits de cette aventure.
Elvire, le cœur gonflé, se contenta de s'age-
nouiller et de pleurer près du corps de Constance,
qui avait beaucoup aimé son mari. Mais par
hasard le marchand, qui était allé en ville, rentrait à la maison justement comme la soubrette en
sortait; il devina bien ce qu'elle avait eu à y faire;
il l'aborda rudement et, moitié par ruse, moitié
par force, il lui prit une lettre qu'elle portait.
Etant allé dans sa chambre pour la lire, il y
trouva ce qu'il y avait prévu, c'est-à-dire une
prière instante de Nicolo à Xaviera de lui vouloir

bien indiquer l'heure et le lieu d'un rendez-vous après lequel il soupirait. Piachi s'assit, répondit sous le nom de Xaviera, avec une écriture dissimulée : « Aujourd'hui même, avant la nuit, dans l'église de Sainte-Madeleine, » scella le billet d'un cachet étranger et le fit remettre à Nicolo comme s'il venait de la dame. Le stratagème réussit à merveille. Nicolo prit sur l'heure son manteau sans songer à Constance, qui était exposée dans son cercueil. Alors Piachi, profondément indigné, décommanda la cérémonie funèbre, fixée au lendemain, fit enlever par quelques porteurs le cadavre tel qu'il était exposé, et la pauvre Constance, seulement accompagnée d'Elvire, du vieux marchand et de quelques parents, fut portée très silencieusement dans l'église de Sainte-Madeleine, où un caveau était préparé pour elle. Nicolo, enveloppé de son manteau, était debout sous le porche de l'église. Il fut grandement étonné de voir s'approcher un convoi à cette heure, et demanda à son père, qui suivait le cercueil, ce que cela signifiait et qui l'on portait en terre. Le vieillard, son livre d'heures à la main ; sans lever la tête, répondit seulement : « Xaviera Tartini. » Après quoi le cadavre, comme si Nicolo n'eût point été là, fut découvert une fois encore sous les signes de croix des assistants, puis enfin descendu et enfermé dans la tombe.

Cette aventure, qui confusionna Nicolo, éveilla dans son âme une haine brûlante contre Elvire ; car il la rendait responsable de l'outrage que le vieillard lui avait fait subir en public. Plusieurs jours durant, Piachi n'adressa pas la parole à son fils adoptif. Cependant Nicolo avait besoin de sa bonne volonté et de sa complaisance en ce qui concernait la succession de Constance. Un soir donc il fut forcé de prendre la main de son père, et de lui promettre, avec un air très repentant, qu'il congedierait Xaviera sur l'heure et pour toujours. Mais il était peu porté à remplir cet engagement ; la résistance ne faisait qu'aggraver son opiniâtreté et l'exerçait dans l'art de tromper la surveillance de l'honnête vieillard. D'autre part, jamais Elvire ne lui avait paru plus belle que dans le moment où, pour le désastre du misérable, elle avait ouvert et refermé la porte de la chambre dans laquelle se trouvait la suivante de Xaviera. L'indignation qui s'était allumée sur ses joues avec une ardeur douce, avait répandu un charme infini sur son tendre visage rarement impressionné. Il semblait incroyable à Nicolo qu'avec tant d'appas elle ne se laissât jamais entraîner en ce chemin dont quelques fleurs cueillies lui avaient valu d'elle un si indigne traitement. Il brûlait de lui rendre, le cas échéant, la pareille. Bientôt il ne désira plus autre chose et il attendit avec anxiété l'occasion de réaliser son projet.

Une fois, Piachi étant hors de la maison,

Nicolo passa devant la chambre d'Elvire et, non sans surprise, entendit qu'on y parlait. Traversé de soudaines et insidieuses espérances, il se pencha, tout yeux et tout oreilles, vers la serrure, et, ciel ! que vit-il ? Elle était là, couchée aux pieds d'un amant, dans l'attitude de l'extase ; et s'il ne pouvait distinguer les traits de l'homme, il entendait du moins très distinctement ce nom prononcé à voix basse et avec l'accent de l'amour « Colino ! » Le cœur palpitant, il alla se mettre à la fenêtre du corridor, d'où, sans trahir ses intentions, il pouvait observer la porte de la chambre. Bientôt, à un léger bruit qui se fit dans la serrure, il crut le moment arrivé, l'inappréciable moment où il pourrait démasquer la fausse sainte. Mais au lieu de l'inconnu qu'il prévoyait, Elvire sortit elle-même, absolument seule, et lui jetant de loin un indifférent et paisible regard. Elle avait sous le bras une pièce de toile tissée de ses propres mains ; et, après avoir fermé sa porte avec une clef qu'elle prit à sa ceinture, elle descendit l'escalier tout tranquillement, une main appuyée à la rampe. Cette dissimulation, ce calme apparent, semblèrent à Nicolo le comble de l'astuce et de l'imprudence. A peine Elvire était-elle hors de sa vue, qu'il courut chercher une maîtresse clef, et, après avoir regardé autour de lui avec des yeux farouches, il ouvrit à la dérobée la porte de la chambre. Quelle fut sa surprise de trouver l'appartement absolument vide et de ne rien découvrir, dans les quatre coins qu'il fouilla, qui eût la moindre analogie avec un homme ! Exceptons cependant le portrait, de grandeur naturelle, d'un jeune chevalier ; il était placé dans une niche, derrière un rideau de soie rouge, et luisait, éclairé d'une lumière étrange. Nicolo s'effraya sans savoir pourquoi. Mille sentiments roulaient dans sa poitrine sous les grands yeux du portrait qui le regardait fixement ; mais, avant qu'il eût pu rassembler et fixer ses idées, la peur le saisit d'être surpris et châtié par Elvire. Il referma la porte, non sans beaucoup d'émotion, et se déroba.

Plus il réfléchissait à cet étrange événement, plus le portrait qu'il avait découvert revêtait d'importance à ses yeux, et son désir de savoir quel homme représentait cette peinture reboublait proportionnellement d'ardeur et d'anxiété. Il avait bien vu le contour total d'Elvire agenouillée, et il ne pouvait douter que la personne devant laquelle elle était courbée ainsi ne fût le jeune chevalier peint sur la toile. Dans le trouble qui s'était emparé de son esprit, il alla chez Xaviera Tartini et lui fit part de la singulière aventure. La courtisane entra volontiers dans le dessein de perdre Elvire, tous les obstacles qu'ils rencontraient à leurs relations ne provenant que d'elle, et exprima le désir de voir le portrait. Xaviera, en effet, pouvait se vanter de connaissances très étendues parmi les gentilshommes italiens ; si

celui dont il s'agissait était, seulement une fois,
venu à Rome et qu'il fût de quelque importance,
elle avait certes le droit d'espérer le connaître. Il
se rencontra justement que les époux Piachi,
dans le but de visiter un parent, allèrent un dimanche à la campagne. A peine le champ fut-il
libre, que Nicolo courut chez Xaviera et la conduisit, avec une petite fille qu'elle avait eue du
cardinal, dans la chambre d'Elvire. Il la fit passer
pour une dame étrangère, curieuse de visiter les
peintures et les tapisseries. Mais combien Nicolo
fut stupéfait d'entendre Clara (c'était le nom de
la petite fille) s'écrier dès qu'il eut soulevé le
rideau : « Dieu, notre père : signor Nicolo, qui
est-ce là, si ce n'est vous ? » Xaviera restait
muette. Le portrait, en effet, offrait une ressemblance frappante avec son amant, surtout quand
elle se l'imaginait, par un bien facile effort de
mémoire, dans le costume de chevalier génois
qu'il avait endossé quelques mois auparavant

pour l'accompagner aux fêtes du Carnaval. Nicolo, railleur, s'efforça de chasser la rougeur
soudaine qui s'était répandue sur ses joues, il
embrassa la petite fille et lui dit ; « Oui, vraiment, chère Clara, ce portrait me ressemble tout
autant que tu ressembles à celui qui se croit ton
père ! » Mais Xaviera, en qui s'était dressé le
sentiment amer de la jalousie, lui jeta un regard
dur. « En somme, dit-elle en passant devant le
miroir, qui que ce soit, cela m'est bien égal. »
Là-dessus, elle prit congé d'un air assez froid, et
quitta la chambre.

Xaviera partie, Nicolo tomba dans une vive
agitation ; il se rappelait avec joie l'étrange et
violente secousse qu'avait valu à Elvire sa fantastique apparition nocturne. La pensée d'avoir
éveillé quelque passion chez cette femme, qui
marchait par le monde comme un exemple de
vertu, le flatta presque autant que l'espérance de
s'en venger ; et, la chance s'offrant à lui de satis-

faire deux désirs à la fois, ce fut avec une grande impatience qu'il attendit le retour de sa belle-mère et l'heure où un regard achèverait d'établir sa conviction flottante. Rien ne le divertissait du délire qui l'avait saisi, sinon le souvenir certain qu'Elvire, dans le moment même où il la guettait par le trou de la serrure, avait nommé Colino le portrait devant qui elle était agenouillée. Pourtant, dans le son même de ce nom, peu usité en Italie, il y avait quelque chose qui lui berçait le cœur, il ne savait pourquoi, en de douces rêveries; d'ailleurs, dans l'alternative de se défier de l'un de ces deux sens, l'ouïe ou la vue, il céda naturellement à la persuasion de celui qui flattait le plus vivement son désir.

Cependant Elvire ne revint de la campagne qu'après plusieurs jours ; elle ramenait de chez le cousin qu'elle avait visité une jeune parente curieuse de voir Rome. Tout occupée de lui faire des gentillesses, elle ne jeta qu'un fugitif et insi-

gnifiant regard sur Nicolo qui, très amicalement,
l'aidait à descendre de voiture. Plusieurs semaines, consacrées à bien traiter la nouvelle
venue, se passèrent dans un remuement peu
habituel de la maison. On visita, au dedans et au
dehors de la ville, tout ce qui pouvait paraître
intéressant à une demoiselle jeune et heureuse
de vivre comme celle-ci était. Nicolo, par suite
de ses occupations dans les bureaux, n'était point
convié à ces petites parties. Il retomba, relative-
ment à Elvire, dans l'humeur la plus maussade.
Avec mille tortures et mille amertumes, il recom-
mença de songer à l'inconnu qu'elle adorait d'une
dévotion secrète. Cette pensée déchira surtout ce
sauvage cœur le soir du départ, attendu si longtemps avec impatience, de la jeune visiteuse. Ce
soir-là, au lieu de lui parler enfin, Elvire resta
assise pendant toute une heure à la table du repas,
silencieusement occupée à un ouvrage de femme.
Or Piachi, quelques jours auparavant, avait

réclamé une boîte de petites lettres d'ivoire au moyen desquels Nicolo avait été instruit dans son premier âge ; maintenant elles ne servaient plus à personne, et le bon vieux voulait en faire présent à un enfant du voisinage. La servante, chargée de les découvrir sous une foule d'autres vieilleries, n'avait pu en retrouver que six, et c'étaient celles qui composent le nom de Nicolo. Sans doute les autres, moins étroitement personnelles à l'enfant, n'avaient été l'objet que d'un soin médiocre : d'une façon ou d'une autre, elles s'étaient égarées. Depuis plusieurs jours les six lettres étaient sur la table. Nicolo les prit dans sa main. Accoudé et méditant de sombres desseins, il jouait avec elles. Tout à coup il se rencontra, — c'était certainement un hasard, car Nicolo fut lui-même étonné plus qu'il ne l'avait jamais été de sa vie, — il se rencontra que les lettres se combinèrent de façon à produire ce mot : COLINO. Nicolo, à qui la propriété logogryphique de son nom avait été jusqu'à ce moment inconnue, se laissa reprendre à ses frénétiques espérances et jeta sur Elvire, assise à son côté, un louche et incertain regard. La concordance des deux noms lui semblait autre chose qu'un simple hasard. Dans une joie intime, il calculait la portée de cette singulière découverte, et, le cœur palpitant, les mains écartées de la table, il attendait qu'Elvire levât la tête et remarquât le nom figuré devant elle. Il n'attendit pas longtemps. Elvire, dans une minute de loisir, envisagea la disposition des lettres et, d'un air calme et vague, se pencha quelque peu pour les lire, car elle était légèrement myope. Tout à coup, alors, elle parcourut d'un regard étrangement anxieux le visage de Nicolo qui, lui, considérait les choses avec une feinte indifférence. Puis elle reprit son visage plus mélancoliquement que l'on ne saurait dire, et, comme elle ne se croyait pas observée, des larmes, une à une, de ses joues rougissantes, tombèrent sur son sein. Sans la regarder trop fixement, Nicolo s'efforçait de suivre les pensées de sa belle-mère. Il était désormais certain que cette transposition de caractères cachait son propre nom. Il vit Elvire, tout d'un coup, déranger l'ordre des lettres. Enfin son espoir farouche parvint au plus extrême degré de confiance lorsqu'elle se leva, mit son ouvrage de côté et se retira dans sa chambre à coucher. Il allait se lever à son tour et la suivre, quand Piachi rentra et demanda où était sa femme. Une servante répondit que madame avait été indisposée et s'était allée mettre au lit. Le vieillard, sans montrer précisément beaucoup d'inquiétude, retourna sur ses pas et alla voir ce qu'elle faisait. Un quart d'heure après, il revint, annonçant qu'Elvire ne descendrait pas pour le souper, et n'ajouta pas un mot. Nicolo croyait fermement avoir trouvé le mot de toutes les énigmatiques scènes qui s'étaient jouées devant lui.

Le lendemain matin, il s'occupait, dans sa honteuse joie, à méditer sur l'utilité qu'il espérait retirer de sa découverte, quand il reçut un billet de Xaviera qui le priait de passer chez elle; elle avait, concernant Elvire, quelque chose d'intéressant à lui apprendre. Xaviera, grâce à l'évêque qui la protégeait, se trouvait avec les moines du couvent des Carmes sur le pied des plus étroites relations. Comme la belle-mère de Nicolo se confessait dans ce couvent, il pensa qu'il avait été possible à Xaviera d'obtenir sur les secrets sentiments d'Elvire, des renseignements propres à confirmer ses espérances dénaturées. Mais il fut bien désagréablement tiré d'illusion lorsque, après un bonjour ironique, Xaviera l'attira sur le divan où elle était assise et lui dit qu'elle ne croyait pas devoir lui cacher plus longtemps que le bon ami d'Elvire était un mort depuis douze ans déjà endormi dans la tombe. — Aloyius, marquis de Montferrat, avait été élevé à Paris, chez un oncle qui lui avait donné le surnom de *Colin;* plus tàrd, en Italie, on avait plaisamment changé *Colin* en *Colino;* le marquis était l'original du portrait que Nicolo avait découvert au fond d'une niche, derrière un rideau de soie rouge, dans la chambre d'Elvire ; c'était le jeune chevalier génois qui l'avait sauvée des flammes, toute petite enfant, et par la suite, était mort des blessures qu'il avait reçues en cette occasion. — Xaviera au surplus, priait Nicolo de ne faire aucun usage de cette révélation ; elle l'avait obtenue dans le couvent des Carmes, sous le sceau du secret le plus absolu, d'une personne qui, elle-même, à proprement parler, n'avait point le droit de la faire. Nicolo protesta, tandis que la pâleur et la rougeur se succédaient sur son visage, que Xaviera pouvait être tranquille; mais, comme il se sentait hors d'état, sous les regards malicieux de sa maîtresse, de dissimuler la gêne où l'avais mis cette nouvelle, il prétexta une affaire urgente, prit son chapeau, et saluant avec une torsion méchante de la lèvre supérieure, s'en alla.

L'humiliation, la concupiscence et le désir de la vengeance se réunirent alors pour lui faire préméditer l'action la plus détestable qui ait jamais été commise. Il sentait bien que la ruse seule pourrait le faire triompher de la pureté d'Elvire. Piachi étant allé à la campagne pour quelques jours, Nicolo prit ses mesures pour mettre à exécution le plan diabolique qu'il avait conçu. Il se procura un costume exactement semblable à celui sous lequel il était apparu à sa belle-mère quelques mois auparavant, dans sa rentrée mystérieuse, une nuit de carnaval; affublé d'un manteau, d'un collet et d'un chapeau à plumes d'une forme génoise, tels que les portait la peinture, il se glissa dans la chambre d'Elvire, peu d'instants avant l'heure du coucher, voila d'un drap noir le tableau caché dans la niche, et attendit, sous ce rideau rouge, une canne à la main, dans la posture même du jeune patricien, l'adoration d'El-

vire. Il avait bien calculé, dans l'acuité de sa
passion coupable, car Elvire survint peu après
et, lorsqu'elle se fut déshabillée, lentement et
silencieusement, selon sa coutume, et qu'ayant
tiré la tenture de soie qui dissimulait la niche,
elle eût aperçu le jeune homme, elle s'écria :
« Colino ! mon amour ! » et tomba inanimée sur le
carreau. Nicolo jaillit du mur, et resta un instant
plongé dans la contemplation des charmes de sa
victime. Il admirait son tendre visage subitement
pâlissant sous le baiser de la mort. Mais il n'y
avait pas de temps à perdre. Il la prit dans ses
bras, et en même temps qu'il arrachait le drap
noir dont il avait voilé le tableau, il la porta sur
le lit dans un coin de la chambre. Cela fait, il
songea à verrouiller la porte; il se trouva qu'elle
était déjà fermée. Alors, persuadé qu'Elvire, dans
le réveil de ses sens troublés, n'opposerait pas de
résistance à une apparition fantastique et probablement extra-terrestre, il retourna au lit, et s'ef-

força de ranimer la jeune femme par de chauds
baisers sur le sein et la bouche. Mais Némésis,
qui marche sur les pas du crime, voulut qu'à ce
moment même Piachi, que le misérable croyait
absent pour quelques jours encore, revînt inopi-
nément dans sa maison ; supposant qu'Elvire
était déjà endormie, il se glissa doucement par le
corridor jusqu'à la chambre dont il avait toujours
la clef sur lui, et de cette manière, sans qu'aucun
bruit eût révélé son approche, entra soudainement. Nicolo fut frappé d'un coup de tonnerre.
Il se jeta aux pieds du vieillard, ne pouvant en
aucune façon nier son infamie, et lui demanda
pardon, avec des serments de ne jamais plus lever
un regard sur Elvire. Piachi était assez disposé à
terminer la chose sans esclandre. Muet comme
l'avaient rendu quelques paroles d'Elvire qui,
enlacée de ses bras, s'était remise et jetait sur le
coupable de terribles regards, il se contenta de
prendre, en même temps qu'il fermait les rideaux

du lit où sa femme était couchée, un fouet sur la muraille, ouvrit la porte à Nicolo et lui montra le chemin qu'il avait à prendre sur l'heure. Mais Nicolo, digne émule de Tartuffe, à peine eût-il reconnu qu'il n'y avait rien à gagner par la soumission se redressa brusquement, et déclara que c'était au vieillard de quitter la maison ; que lui, Nicolo, mis en possession par des titres valides, était le véritable propriétaire, et qu'il saurait soutenir son droit contre n'importe qui. Piachi n'en crut pas ses oreilles. Comme désarmé par cette audace inouïe, il rejeta le fouet, prit sa canne et son chapeau, fit signe à sa femme de le suivre, courut chez son vieux conseil, le docteur Valerio, sonna la servante, qui vint ouvrir, et dès qu'il fut entré dans la chambre de son ami, tomba, privé de connaissance et sans avoir proféré une seule parole. Le docteur, qui les recueillit dans sa maison, lui et plus tard Elvire, se mit en devoir, dès le lendemain matin, de faire opérer l'arrestation de l'infernal scélérat. Mais celui-ci avait bien des avantages de son côté. Tandis que Piachi mettait en œuvre des leviers impuissants pour l'expulser des possessions dont il l'avait investi par contrat, Nicolo courait chez ses amis, les Carmes, et leur demandait de le défendre contre ce vieux fou qui avait l'intention de le dépouiller.

En résumé, l'iniquité l'emporta, parce que le lâche consentit à épouser Xaviera, qui voulait se débarrasser de son évêque. Grâce à l'entremise de ce seigneur ecclésiastique, le gouvernement rendit un décret d'après lequel Nicolo fut confirmé dans la possession des biens de Piachi, et Piachi sommé de ne l'y plus troubler.

Or, la veille précisément, le vieillard avait enterré l'infortunée Elvire. Elle était morte des suites d'une fièvre ardente contractée dans la nuit fatale. Déchiré par un double désespoir, Piachi, le décret en poche, alla dans sa maison.

Fort de sa rage, il terrassa Nicolo, naturellement plus chétif, et lui écrasa le cerveau contre un mur. Les gens du logis ne virent le vieux qu'après la chose faite. Ils le surprirent, tenant encore Nicolo entre ses genoux, et lui bourrant la bouche avec le décret. Cela fait, il se leva, rendit toutes ses armes, fut mis en prison, interrogé et condamné à passer de vie à trépas par la corde.

Dans les Etats de l'Eglise, il y a une loi : nul criminel ne peut être conduit à la mort avant d'avoir reçu l'absolution. Or, Piachi, après qu'on eut rompu le bâton au-dessus de sa tête, refusa obstinément de recevoir l'absolution. Après qu'on eut inutilement mis en usage, pour lui faire sentir la culpabilité de sa conduite, tous les moyens dont la religion dispose, on espéra faire pénétrer en lui l'esprit de repentir par l'aspect de la mort qui l'attendait, et on le conduisit à la potence. Là était un prêtre qui décrivit, avec les poumons de la trompette du jugement, les épouvantes de

l'enfer où s'allait engouffrer l'âme du coupable ;
un autre prêtre tenait dans sa main le corps de
Notre-Seigneur, ce saint expédient de purifica-
tion, et célébrait le séjour de la paix éternelle.

— Veux-tu participer au bienfait de la ré-
demption ? dirent les deux prêtres. Veux-tu recevoir le sacré viatique ?

— Non, répondit Piachi.

— Pourquoi non ?

— Parce que je ne veux pas être élu. Je veux
aller au fond de l'enfer, je veux retrouver Nicolo
qui ne sera pas au ciel, et reprendre ma vengeance qu'ici-bas je n'ai pu assouvir qu'incom-
plètement.

Là-dessus, Piachi monta à l'échelle et engagea
le bourreau à remplir son office.

En résumé, on se vit forcé de remettre l'exécution et de ramener en prison le malheureux
que la loi protégeait. Trois jours de suite on fit
la même tentative, et toujours avec aussi peu de

succès. Le troisième jour, lorsqu'il dut encore redescendre l'échelle sans avoir été pendu, Piachi leva les bras avec des gestes courroucés, maudissant la loi humaine qui ne le voulait pas laisser aller en enfer; il invoqua toute la troupe des diables, les suppliant de l'emporter; il jura que son unique désir était d'être jugé et condamné, et affirma qu'il étranglerait le premier prêtre venu, pour être bien assuré de ressaisir Nicolo dans l'enfer. Le pape fut prévenu de ce cas singulier. Il ordonna l'exécution sans absolution, et aucun prêtre n'accompagna Piachi, qui fut pendu secrètement sur la *Piazza del Popolo*.

FIN

TABLE

ÉMILE COLIN, — IMPRIMERIE DE LAGNY

AVIS DES ÉDITEURS

Le but de la collection des *Auteurs célèbres à* **60** *centimes* est de mettre entre toutes les mains de bonnes éditions des meilleurs écrivains modernes et contemporains.

Sous un format commode et pouvant en même temps tenir une belle place dans toute bibliothèque, il paraît chaque semaine un volume.

CHAQUE OUVRAGE EST COMPLET EN UN VOLUME

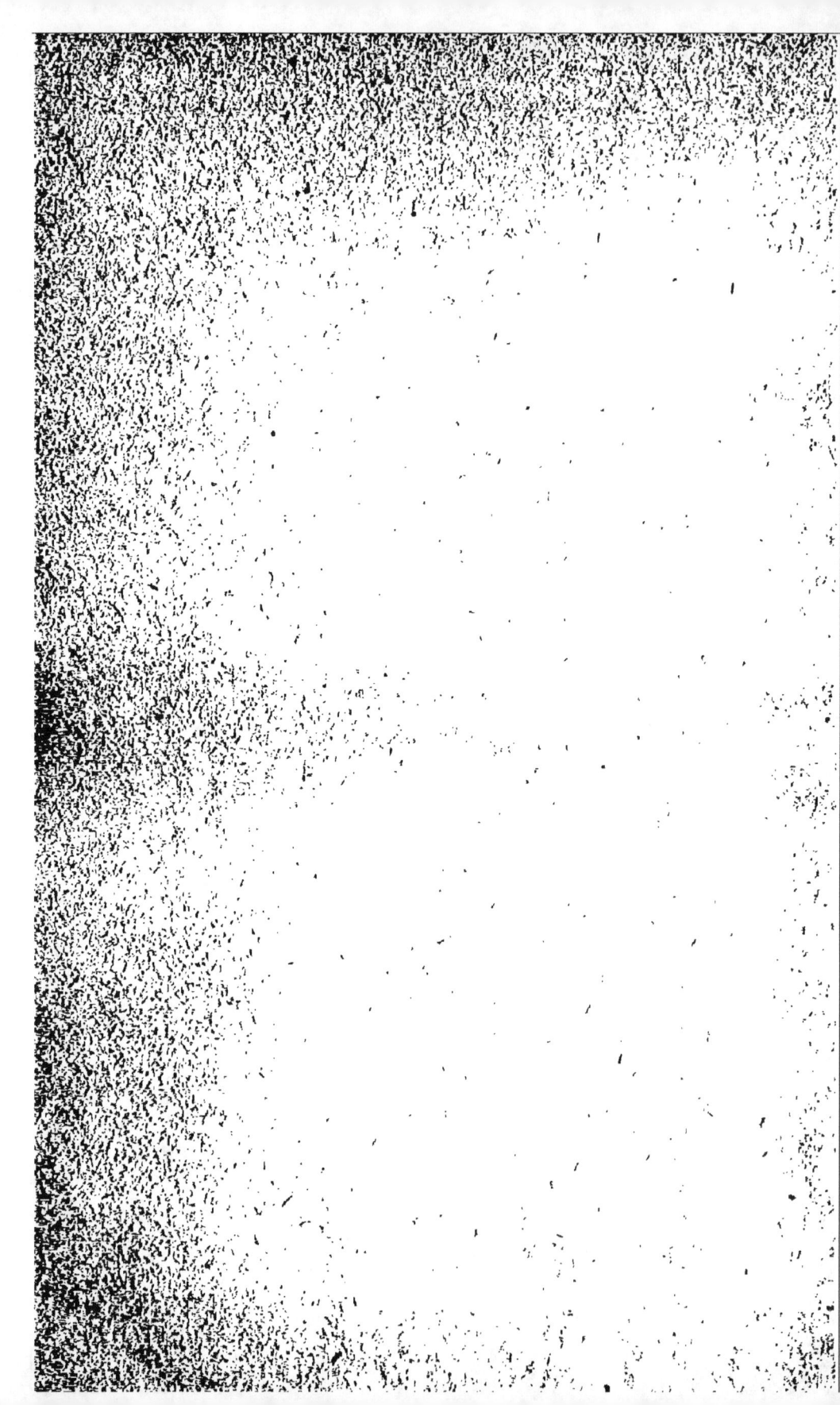

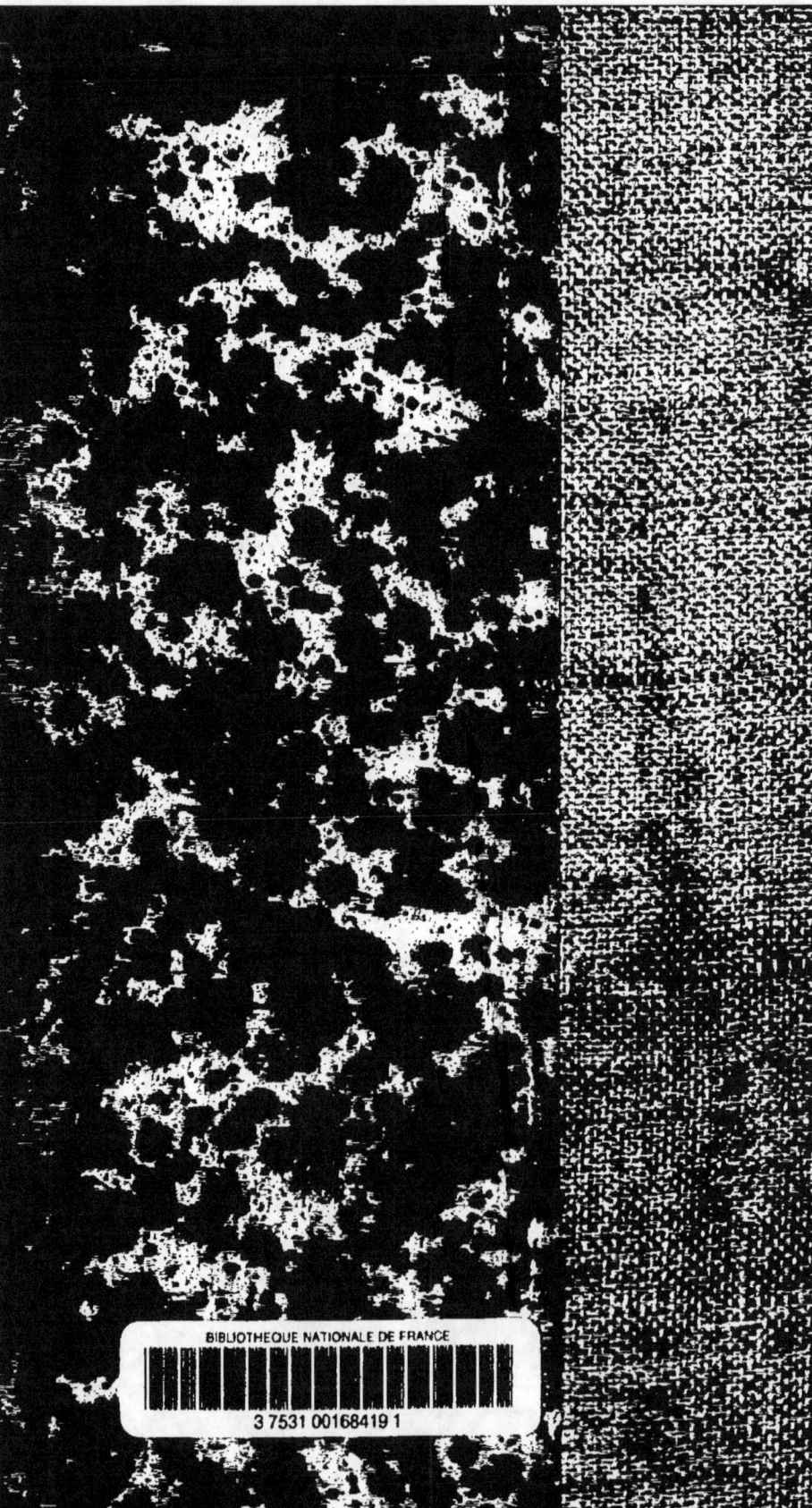